Collection Harlequin, vous la connaissez… et vous l'aimez!

Vous avez toujours sous les yeux le même décor familier, le même paysage trop connu, et vous imaginez des mers coralliennes, des châteaux d'une splendeur impressionnante, des jardins féeriques à la végétation luxuriante…
Vous lisez la Collection Harlequin!

Vous faites sans cesse les mêmes gestes monotones, votre vie semble être une éternelle répétition. Vous aimeriez changer de rôle, éprouver des sentiments nouveaux et excitants, devenir une autre…
Vous lisez la Collection Harlequin!

L'amour, peut-être vous comble-t-il ou bien peut-être vous a-t-il déçue. Comblée, vous ne vous lassez pas d'en ressentir les joies. Déçue, vous voulez encore croire qu'il existe…
Vous lisez la Collection Harlequin!

Vous voulez vous évader du quotidien, vous avez envie de voir des terres inconnues, des paysages exotiques, vous désirez partager les aventures captivantes de personnages passionnés aux sentiments entiers et profonds…
Vous lisez la Collection Harlequin!

COLLECTION HARLEQUIN
Tout un monde d'évasion

LE LOUP D'HEIMRA

Jean S. MacLeod

PARIS · MONTREAL · NEW YORK · TORONTO

Publié en novembre 1979

© 1978 Harlequin S.A. Traduit de *The Wolf of Heimra*,
© 1965 Jean S. MacLeod. Tous droits réservés. Sauf pour
des citations dans une critique, il est interdit de
reproduire ou d'utiliser cet ouvrage sous quelque
forme que ce soit, par des moyens mécaniques, électroniques
ou autres, connus présentement ou qui seraient inventés
à l'avenir, y compris la xérographie, la photocopie et
l'enregistrement, de même que les systèmes d'informatique,
sans la permission écrite de l'éditeur, Harlequin Enterprises
Limitée, 220 Duncan Mill Road, Don Mills, Canada M3B 3J5.

ISBN 0-373-49074-7

Dépôt légal 4e trimestre 1979
Bibliothèque nationale du Québec et Bibliothèque nationale
du Canada.

Imprimé au Canada—Printed in Canada

Isabel Deschênes

1

Le nouvel héritier arriva à Heimra à la mort de son père. Presque tous les habitants de l'île s'étaient rassemblés à l'extrémité de la jetée, pour assister à son arrivée. Ils se tenaient là, groupés, fermés, hostiles; on sentait qu'ils se posaient tous la même question : cette venue allait-elle changer quelque chose à la vie des îles?

Bien sûr, le sang du vieux châtelain coulait dans les veines de ce jeune homme. Mais Andrew Mac Kail avait été élevé dès son plus jeune âge dans l'idée de succéder un jour à son grand-père à Heimra.

D'ailleurs, il était là, un peu à l'écart de la foule. Grand, large d'épaules, l'air autoritaire, il ressemblait vraiment au seigneur des Highlands. Les mâchoires serrées, il gardait un visage impénétrable, tandis qu'approchait le bateau qui amenait son cousin. Bien avant que les amarres n'aient été jetées sur le quai, il avait repéré le jeune homme, qui se tenait sur le pont, mais cela ne le dérida pas.

Son regard se fit plus incisif, et aucun sourire de bienvenue n'éclaira son visage quand il se fraya un passage à travers la foule. Pas de main tendue non plus lorsque Norval Mac Kail descendit la passerelle et atteignit le quai.

Le jeune homme, dont la blondeur contrastait avec la peau sombre de son cousin, parut quelque peu déconcerté. Plantant son regard dans les yeux gris, froids et impassibles, il dit, assez fort pour que tout le monde puisse l'entendre :

— Je n'espérais pas que tu viendrais m'accueillir, Andrew. J'imagine que cet instant est aussi embarrassant pour toi qu'il l'est pour moi...

L'aîné des Mac Kail ne répondit pas. Son regard se porta, au-delà d'Andrew, sur la jeune fille qui se tenait au pied de la passerelle.

C'était à contrecœur que Fenella Lawson avait entrepris ce voyage à Heimra, et ce premier contact avec les Mac Kail n'était pas fait pour la rassurer. C'était une grande fille blonde, dont la lourde chevelure lisse retombait librement sur les épaules. Elle releva le menton en signe de défi en croisant le regard d'acier d'Andrew, mais en réalité, elle regrettait déjà de ne pas avoir laissé Val venir seul.

Norval Mac Kail se retourna vers elle, comme s'il avait jusque-là oublié sa présence.

— C'est ma fiancée, fit-il. Je n'ai pas cru devoir venir sans elle, puisque nous allons nous marier très bientôt.

Andrew parut surpris, ou peut-être choqué, mais il reprit très vite la situation en main.

— Il semble que nous ayons énormément à apprendre l'un sur l'autre! dit-il. Si vous voulez bien me suivre... J'enverrai quelqu'un s'occuper de vos bagages.

Fenella jeta un bref regard à son fiancé, mais celui-ci s'éloignait déjà en compagnie d'Andrew. Elle aurait cependant bien aimé s'attarder un moment. Tout était si nouveau pour elle!... Elle avait attendu cet instant avec impatience et, à présent, elle avait enfin devant elle cette île merveilleuse, isolée, sertie comme un joyau dans la mer des Hébrides. Elle ressentit comme une bénédiction les rayons du soleil qui descendaient verticalement sur sa tête. Une brise légère lui caressait le visage, et, pour la première fois de sa vie, elle entendait parler le langage gaëlique.

Bien des années auparavant, sa mère, qui était d'origine écossaise, lui avait décrit ces îles avec amour et émotion. Elle berçait l'espoir d'y retourner un jour, et Fenella avait elle-même désiré ardemment connaître le pays de ses aïeux. Jamais elle n'aurait imaginé s'y rendre dans de telles conditions, mais elle avait alors conscience de la force inéluctable, ancestrale, qui l'attirait au loin. Londres avait été son seul horizon pendant vingt-deux ans. Elle y était née, elle l'avait aimé, et c'est seulement lorsqu'elle avait rencontré Norval Mac Kail qu'elle s'était mise de nouveau à penser intensément à l'Écosse.

En regardant autour d'elle, elle eut l'étrange impression d'avoir déjà vécu cette scène. Elle marchait jusqu'au bout du quai et payait une sorte de redevance pour en franchir la barrière. Une voiture l'attendait de l'autre côté et l'emmenait jusqu'à une maison perchée sur un piton rocheux qui dominait la mer...

L'image disparut tout à coup. Andrew Mac Kail s'était retourné, et l'attendait. Derrière lui, elle vit la barrière, mais elle était déjà ouverte. Quant à l'homme aux épais sourcils noirs qui en gardait le passage, il n'aurait certainement jamais accepté un centime de la part du châtelain. Au contraire, il ôta son vieux chapeau de chasse cabossé pour les saluer.

— Vous demanderez à Callum de s'occuper des bagages, Duncan, fit Andrew Mac Kail. Il les montera avec la carriole.

Rien ne pressait, pensa Fenella, tandis qu'elle suivait les deux hommes. La barrière fut rapidement refermée derrière eux. La « Vierge d'Heimra » se balançait doucement le long du petit quai. Sa coque blanche scintillait sur le bleu de la mer. Plus loin, Fenella aperçut la face sombre et rocheuse d'une seconde île. Elle se trouvait à un kilomètre environ, de l'autre côté d'un petit détroit. Les Iles Jumelles... Val les appelait ainsi, mais en réalité, elles ne se ressemblaient pas du tout. Heimra Beag et

Heimra Mhor. Toutes deux faisaient partie de l'héritage. Un peu plus tôt, Fenella avait surpris une lueur étrange dans le regard bleu de Norval, alors qu'il les contemplait.

— Elles sont à la limite du monde, avait-il dit. Sorties d'un univers qui n'appartient qu'à elles. Je me demande si nous sommes vraiment d'ici...

Une voiture les attendait de l'autre côté de la route. C'était une vieille Bentley, parfaitement entretenue. Son kilométrage devait être fort peu important, car Heimra Mhor ne faisait guère plus de six kilomètres de long sur trois de large. Quant à la seconde île, elle était encore plus petite et ne semblait même pas avoir de route.

— Nous n'attendrons pas vos gros bagages. Ils seront à la maison avant que vous n'en ayez besoin, déclara Andrew, en ouvrant la portière de la voiture.

Fenella avait l'indispensable dans la petite valise que portait Norval. Elle l'avait soigneusement composée pour le voyage, dont elle avait imaginé chaque étape avec une excitation croissante. Ses fiançailles toutes récentes, ainsi que ce séjour inattendu aux Iles Hébrides, l'avaient transportée sur un nuage de bonheur. Et voilà que tout était gâché par l'antipathie mal dissimulée d'un étranger.

Fenella observa Andrew, qui conduisait la voiture. Elle voyait sa nuque droite, et le dessin ferme de sa mâchoire; mais surtout, elle était sensible à l'arrogance qui émanait du personnage. Norval et elle étaient des étrangers à Heimra, des usurpateurs. C'était là le fond de la pensée d'Andrew, et il tenait à ce qu'ils le sachent et restent à leur place.

La jeune fille se demanda soudain ce que Norval pensait de son héritage. Il lui avait rarement parlé de son père. Ses parents étaient divorcés, et le jeune garçon avait été bringuebalé entre Londres et le Midi de la France, où sa mère vivait avec son second mari. Quant à son père, il avait apparemment renoncé à ses attaches.

Il voyageait de par le monde, libre de toute entrave, et était mort en Afrique du Sud moins d'un an auparavant. Val avait donc reçu une éducation très peu conventionnelle. Il travaillait à Londres lorsque Fenella l'avait rencontré.

Fenella n'avait pas vraiment pensé au passé ni à l'avenir, tant elle était sûre de son premier amour. Lorsque Val lui avait parlé des Iles, la conviction qu'ils seraient heureux ensemble s'était encore renforcée. Le seul nom d'Heimra faisait naître en elle une passion étrange. L'appel de ces îles inconnues l'avait inévitablement attirée jusqu'à ces côtes rocheuses. Depuis le bateau, elle avait admiré les plages frangées de sable d'argent et la haute montagne qui se dressait fièrement dans le ciel. Ce n'était qu'une île parmi tant d'autres, mais cela semblait à Fenella être la clé d'un avenir doré.

Elle sentit sa certitude faiblir en regardant le visage dur de l'homme qui conduisait. Certes, ce devait être difficile pour Andrew Mac Kail de savoir qu'il n'était plus le maître. Il devait se demander quelle sorte d'individu allait le remplacer. Mais elle eut soudain la conviction qu'il y avait autre chose. Elle s'attendait à une certaine réticence, mais pas à cette profonde aversion qu'elle avait du mal à comprendre.

Assis à côté de son cousin, Val ne semblait pas partager ses appréhensions.

— Parle-moi du vieil homme, demanda-t-il. Il est très âgé, n'est-ce pas? Est-ce qu'il peut circuler un peu quand même?

— Si tu veux savoir s'il est gâteux, la réponse est « non », rétorqua sèchement Andrew. Il a passé toute la matinée à la distillerie et, maintenant, il vous attend à la maison.

— Cette liqueur que nous fabriquons, poursuivit Val, j'en ai entendu parler, bien sûr, mais elle n'est pas très connue. Pour quelle raison, à ton avis?

— Nous n'en fabriquons pas assez.

9

La réponse d'Andrew était plutôt énigmatique. Mais on décelait de la fierté dans sa voix et l'on devinait que, pour lui, la qualité était plus importante que la quantité.

— Si tu faisais de la publicité, suggéra Norval, le produit se vendrait mieux...

— Le problème n'est pas là, répliqua Andrew. Nous sommes une très petite communauté. L'île ne supporterait pas un rendement supérieur. La Liqueur d'Heimra doit être faite à Heimra. Le produit fini ne serait pas le même ailleurs.

— Mais tu... nous pourrions nous étendre, non? insista Val. Une bonne liqueur est une bonne liqueur, partout dans le monde!

— Mais pour rester bonne, il faut qu'elle soit distillée à la manière ancienne, conclut son cousin. Nous n'avons pas besoin de vendre dans le monde entier.

L'arrogance perçait dans le ton d'Andrew, et Fenella crut même discerner du mépris dans le regard qu'il posait sur Norval.

— A part cette liqueur qu'on n'a pas besoin de vendre, qu'est-ce qui fait tourner Heimra? questionna Val insolemment. Certainement pas l'agriculture, en tout cas!

Il regardait les rares touffes d'herbe qui perçaient entre les rochers et les quelques moutons paissant sur les collines.

— Nous devons travailler dur pour tout ce que nous produisons. Dans ces îles, rien n'est facile. Il en a toujours été ainsi.

— Mais il y a tellement de compensations!

Fenella venait de prendre la parole pour la première fois. Elle avait à peine conscience de dire tout haut ce qu'elle pensait profondément.

— Jamais auparavant je n'avais eu cette impression d'espace, de paix. J'ai toujours rêvé de vivre près de la mer, mais je ne croyais pas que c'était aussi merveilleux!

La mer si bleue, le varech brun, et ces petites criques de sable blanc cachées dans les rochers!...

Absorbé par la conduite sur la petite route étroite, Andrew ne se retourna pas, mais Fenella devina de l'étonnement, et peut-être une ombre de sourire, dans sa voix.

— Il est assez facile de parler de tout cela. Mais la véritable épreuve est d'y vivre, jour après jour. Pour un étranger, la fascination des îles s'évanouit vite, chassée par la réalité. La vie est dure, à Heimra, ne vous y trompez pas! Beauté et paix peuvent facilement se transformer en ennui et monotonie. Et les blanches petites criques sont souvent dévastées par la tempête et la mer déchaînée. Vous voyez Heimra sous son bon jour. Mai est un mois enchanteur. Mais, en hiver, vous pouvez vous perdre dans le brouillard, sans autre bruit autour de vous que celui de la bouée à cloche ou le cri des phoques. Vous ne trouverez ici ni le confort ni les distractions de Londres!

C'était un avertissement froid et direct, visiblement destiné à tempérer son enthousiasme.

— Monsieur Mac Kail, rétorqua Fenella, vous ne nous découragerez pas! Nous savons bien qu'Heimra n'est pas Londres. Mais Val est d'ici, et je pense pouvoir l'aider à s'y établir. Ma mère était Écossaise; cela, au moins, joue en ma faveur...

Andrew n'eut aucune réaction. Ils roulèrent en silence durant quelques minutes. Puis Val sembla se désintéresser du paysage.

— Cette route n'en finit pas, grommela-t-il. Quand arriverons-nous?

Andrew saisit l'occasion au vol.

— Rien ne va vite, à Heimra. Je pense que tu ne t'attendais pas à une autoroute? Ces routes étroites sont dangereuses. Comme nous tenons à la vie, nous prenons le temps de conduire prudemment.

Val le regarda du coin de l'œil.

— Je le crois volontiers, fit-il brièvement. Que vas-tu faire, maintenant, Andrew?

— Maintenant que tu es venu prendre la relève?

Andrew semblait vaguement amusé.

— Cela aussi prendra du temps, j'en ai peur. Notre grand-père, qui fait encore la loi à Heimra, m'a demandé de rester au moins un an.

Val eut un rire bref.

— Parce qu'il a peur que je ne fasse des catastrophes? Si nous avons un directeur valable à la distillerie, je suppose que je pourrais profiter de ses lumières pendant une semaine ou deux, sans ton aide?

Fenella se mordit les lèvres. C'était la guerre ouverte, et Val en était responsable.

— C'est ce que tu crois à présent! Mais tu t'apercevras bientôt que tu as vraiment besoin d'aide... fit Andrew.

— J'aimerais mieux que ce soit une aide rémunérée, grogna Val.

Son cousin négocia un virage dangereux, avant de répliquer :

— C'est prévu. A partir d'aujourd'hui, je recevrai un salaire. Grand-père y tient absolument. C'est avant tout un homme honnête.

— Je me demande ce qu'il pense réellement, s'inquiéta Val. Tu ne me feras jamais croire que mon arrivée lui fait plaisir. Il ne s'entendait pas très bien avec mon père et, jusqu'à ces derniers mois, il ne savait rien de moi. C'est une étrange situation. Le retour du fils prodigue! Qu'en penses-tu, Andrew?

— Cela n'a rien à voir! grinça celui-ci.

— En effet, acquiesça Val. C'est une histoire de dépossession, n'est-ce pas?

Fenella frémit. Pourquoi, mais pourquoi, Val heurtait-il cet étranger? Voulait-il s'en faire un ennemi, ou était-ce parce qu'il sentait qu'il y avait entre eux de vieilles rancunes inassouvies? A l'un était donné sans

12

effort tout ce pour quoi l'autre avait travaillé toute sa vie... Andrew avait été élevé, avait vécu pendant vingt-cinq ans dans cette île, avec l'idée d'en être un jour le maître. Quel coup cela avait dû être pour lui de se voir supplanté par un garçon plus jeune, qui n'avait même jamais vu la mer des Hébrides!

— Nous arrivons, maintenant, annonça-t-il. Vous pouvez apercevoir la maison, là, derrière les arbres.

C'étaient les seuls arbres de l'île. Ils avaient été plantés pour abriter la maison de Garrisdale des tempêtes venant de l'océan Arctique. La brise était douce, ce jour-là, et légère.

Andrew engagea la voiture entre deux haies de rhododendrons, si hautes qu'elles cachaient le soleil. Et soudain, le manoir fut là, devant eux, au milieu d'une clairière qui surplombait la mer. Il semblait vieux comme le monde, avec sa façade couverte de lichen, son toit à redents et ses hautes cheminées. Les étroites fenêtres à petits carreaux donnaient, au-delà d'une terrasse plantée d'herbe, sur un éboulis de rochers qui dégringolaient jusqu'à la mer. Une mouette piaillait au-dessus de leurs têtes. Curieusement, la porte d'entrée était peinte en jaune, ce qui détonnait dans cet univers sauvage. Au-dessus, gravé dans la pierre, Fenella put lire : « Heimra 1784 ».

— La maison a été reconstruite après la Révolution, expliqua Andrew, qui avait suivi son regard. Les Mac Kail étaient partisans du Prince, à cette époque-là. Mais quand le premier Loup d'Heimra eut imploré sa grâce et qu'il l'eut obtenue, il rentra en possession de ses biens.

— Le Loup d'Heimra? s'étonna Fenella. Quelle appellation étrange! Est-elle toujours utilisée?

— Les légendes ont la vie dure, dans nos régions. Si j'étais vous, je n'y penserais plus.

Quelqu'un ouvrit la porte, et une silhouette recula dans l'ombre de la grande pièce.

— Entrez, fit Andrew, courtois malgré tout. Ma sœur

a dû vous préparer quelque chose. Elle a préféré ne pas venir jusqu'au débarcadère.

Une certaine retenue dans sa voix suggérait les dissensions qu'il avait dû avoir avec elle, quant à la façon d'accueillir leurs hôtes. La haute silhouette s'approcha. Jane était presque aussi grande que son frère. Elle avait le nez aquilin des Mac Kail, et le menton volontaire. Elle n'était pas belle, mais ses traits accusés retenaient pourtant l'attention. Ils se serrèrent la main.

— J'espère que la traversée a été bonne, fit Jane avec un effort visible.

Sans autre formule de bienvenue, elle précéda Fenella dans l'escalier monumental et la conduisit jusqu'à sa chambre.

— Je vous ai installée là pour l'instant. Si cela ne vous convient pas, vous n'avez qu'à le dire. Nous avons été surpris quand Val nous a annoncé qu'il ne venait pas seul...

Aucune chaleur, aucune amitié dans la voix de Jane, ni dans son regard. Fenella pensa qu'elle paraissait beaucoup plus âgée que son frère. Elle devait avoir dépassé largement la trentaine.

— Voilà seize ans que je tiens le rôle de gouvernante dans cette maison, fit-elle, comme si elle avait deviné les pensées de Fenella. J'y suis arrivée tout droit de mon collège en Suisse, et j'y suis restée.

L'allusion était claire : Jane avait servi Heimra pendant assez longtemps pour y avoir tous les droits.

L'impression d'hostilité qu'avait eue Fenella en croisant pour la première fois le regard froid d'Andrew, remonta en elle, multipliée par mille.

Il devait pourtant y avoir assez de place pour tous à Heimra. Garrisdale n'était certainement pas la seule demeure importante de l'île...

— Nous ne faisons pas de cérémonies, ici, avertit Jane avant de sortir. Quand vous serez prête, descendez; je vous présenterai à mon grand-père.

Demeurée seule, Fenella soupira. Elle avait redouté cette confrontation avec la famille de Val, mais la situation était bien pire que ce qu'elle avait craint. Ils étaient considérés purement et simplement comme des étrangers, n'ayant aucun droit sur l'île.

La jeune fille se révolta intérieurement. Val était l'héritier légitime du vieux châtelain, et le fait qu'il n'eût jamais vécu à Heimra ne changeait rien à l'affaire. C'était son père qui avait décidé de s'expatrier. Elle ne savait rien de James Mac Kail, mais elle pensait bien connaître Val. Gai, enthousiaste, exubérant, il était entré dans sa vie comme un tourbillon de joie et l'avait entraînée à sa suite. Chassant toutes ses hésitations d'un éclat de rire, il avait vaincu sa timidité et lui avait donné confiance en elle. Sûr de lui, il était à l'aise partout, et son charme irrésistible attirait l'amitié. On aurait donc pu penser qu'il séduirait les habitants de Garrisdale.

Un serviteur lui apporta sa valise. C'était un vieillard noueux, courbé, qui la regarda sous d'épais sourcils broussailleux, avant de marmonner :

— Hum! C'est bien!

Et il s'en fut sans ajouter un mot.

Fenella regarda autour d'elle. La chambre était petite et sommairement meublée, mais la vue que l'on avait sur la mer était une ample compensation.

Au-delà du promontoire rocheux, elle vit enfin Heimra Beag en entier. Ses contours sombres se perdaient encore un peu dans la brume. Mais le soleil avait jeté un voile d'or sur les crêtes les plus proches, et la petite île semblait sourire.

Fenella, pensive, resta longtemps à la regarder, jusqu'à ce que la lumière s'évanouît, et que la brume retombât. Il parut alors qu'il n'y avait jamais rien eu à cette place, pas de petite île rêvant sous le soleil, pas de voile d'or, rien que le gris du brouillard et de la mer.

Après une toilette rapide, la jeune fille se dirigea vers l'escalier. Elle s'arrêta net en haut des premières marches, en entendant le bruit d'une discussion animée venant du hall. Jane et son grand-père?...

— Tu feras ce que je dis, et aimablement encore, ma petite fille! C'est ton cousin, et mon légitime héritier. Ce n'est peut-être pas celui que j'aurais choisi, mais nous n'y pouvons rien! Nous devons l'accepter, que cela nous plaise ou non. Je sais ce que vous ressentez, tous les deux et j'y compatis. Mais Andrew pourra continuer à exercer son autorité, dont il fait si grand cas.

— C'était sa vie, toute sa vie...

La voix de Jane se brisa.

— Vous ne vous rendez pas compte de ce que cela signifie pour lui; autrement, vous ne lui proposeriez pas la seconde place...

— Je connais les sentiments d'Andrew pour Heimra, fit le vieil homme d'un ton sans réplique. Mais je ne peux pas déshériter Norval.

Fenella, le cœur glacé, s'éloigna de la lourde rampe sculptée. Ainsi, même le vieux châtelain ne voulait pas d'eux!

Elle se retourna en entendant un bruit derrière elle. La large silhouette d'Andrew Mac Kail se découpait en contre-jour, cernée par les rayons rouges du soleil couchant qui tombaient d'une haute fenêtre. Il lui parut, à ce moment précis, d'une puissance indestructible.

La jeune fille tenta de sourire.

— C'est vous! J'allais juste descendre.

Il la rejoignit, les mâchoires serrées.

— Laissez-moi vous présenter à grand-père, avant que Jane ne l'ait mis de mauvaise humeur pour le reste de la soirée. Ils sont rarement du même avis...

Ils descendirent côte à côte le vaste escalier. Jane et le vieil homme, qui se tenaient près de l'immense cheminée de pierre, levèrent les yeux vers eux. Jane resta immobile, les yeux plissés, un sourire sans joie errant sur ses lèvres. Quant au vieux châtelain, il les observait

16

derrière ses épais sourcils, exactement comme l'avait fait le domestique en apportant les bagages de Fenella.

Andrew lui fit descendre les dernières marches en la tenant fermement par le coude. Val ne semblait pas être là.

Le vieil homme s'approcha d'elle. Il avait la haute taille et le regard perçant des Mac Kail, et ne se gênait pas pour l'examiner. Il parut satisfait de ce premier contact.

— Ainsi, vous êtes la fiancée de mon petit-fils. Vous êtes Anglaise, je crois. Cela signifie-t-il que vous n'avez pas l'intention de vous établir ici?

La question était si directe que Fenella ne trouva rien à répondre.

— Donnez-lui un peu de temps, intervint Andrew. Elle n'a même pas encore vu Heimra.

Adam Mac Kail la prit aux épaules et la regarda profondément. Fenella supporta l'inspection du mieux qu'elle put.

— C'est bien, dit-il enfin. Faites en sorte que rien ne vous éloigne d'ici. Demandez-moi mon avis avant d'agir de manière irréfléchie.

C'était une drôle de façon de souhaiter la bienvenue, mais Fenella en aima la franchise et, curieusement, elle se sentit acceptée. Pour la première fois depuis son arrivée, elle devinait quelque sympathie. Bien qu'il eût plus de quatre-vingts ans, on sentait que le châtelain faisait la loi à Heimra. Même Andrew s'inclinait devant sa souveraineté, et Jane pliait, de gré ou de force.

— Quand vous voudrez, grand-père, dit-elle, nous pourrons passer à table.

Val dévala les escaliers, joyeux. De toute évidence, il avait déjà rencontré son grand-père.

— Ce manoir est un véritable labyrinthe, déclara-t-il. Je me suis perdu et je me suis retrouvé par hasard tout en haut. Quelle vue on a!... Des kilomètres et des kilomètres de mer... On ne voit que cela.

Adam Mac Kail regardait le jeune visage animé avec une attention pénétrante. Il se détourna, présenta ses mains fines à la chaleur des flammes et dit lentement :

— Jane n'aurait peut-être pas dû t'installer dans la chambre de la tour. Mais c'était celle de ton père quand il était enfant.

Il avait semblé un instant troublé, déconcerté. Le regard d'Andrew alla de son grand-père à Val.

— C'est parfait ! Je me sens le roi d'un domaine immense quand je regarde de la fenêtre, là-haut !

Ses paroles tombèrent dans un silence glacial, que Jane fut la première à rompre.

— Il faut que j'aille m'occuper du dîner.

— Puis-je vous aider ? demanda Fenella. Cela me ferait plaisir.

Jane la toisa, dédaigneuse.

— Quand vous verrez tout ce qu'il y a à faire, vous ne serez plus aussi pressée...

Val entoura de son bras les épaules de Fenella.

— Tu auras tout le temps lorsque nous serons mariés. Jusque-là, Jane pourra certainement s'en sortir toute seule.

Jane le regarda, les yeux scintillants de colère. Les mots maladroits de Val semblaient également avoir affecté Andrew, qui avait rougi violemment.

Fenella était désolée. Tout cela était la faute de Val...

Grâce au maître des lieux, la conversation fut relativement animée durant le repas. Il posait beaucoup de questions, sans vouloir toutefois s'attarder sur le passé. Il se contenta de demander de quoi son fils était mort. Mais ce fut tout. Il ne prononça pas le nom de sa belle-fille. C'était comme si elle n'avait jamais existé.

Après avoir pris le café et fumé une dernière pipe, le vieux monsieur monta se coucher. Jane le suivit immédiatement. Val jeta un coup d'œil à sa montre.

— Il n'est que neuf heures. Un peu tôt pour aller au lit, n'est-ce pas, Fenella ? Sortons prendre l'air.

18

Andrew bondit sur ses pieds.

— Méfiez-vous! L'île est traîtresse, la nuit. Le chemin de la falaise est dangereux dans l'obscurité.

Il ramassa une pile de livres de comptes sur une table voisine.

— J'ai du travail. Sinon, je vous aurais accompagnés. Quant tu auras une minute, Norval, nous regarderons ces comptes ensemble. Cela te donnera une idée de la marche de l'entreprise.

— Je ne suis pas pressé, fit Val en riant. Tu as bien dit que tu restais, pour l'instant? Cela me convient à merveille, je n'ai rien d'un homme d'affaires... Chaque chose en son temps. Maintenant que grand-père semble approuver mon choix, Fenella et moi allons nous marier.

Andrew leur tournait le dos, et Fenella ne put voir sa réaction à ces paroles.

— Je pense que rien ne pourra faire plus plaisir à grand-père, dit-il seulement. Cela prouve que vous avez l'intention de rester...

Au lieu de répondre, Val entraîna Fenella vers la porte.

— Sortons, chuchota-t-il. C'est sinistre, ici! A-t-on idée de se coucher à neuf heures? Ces vieilles maisons ont besoin d'être réveillées, sorties de leur poussière et de leurs superstitions. Jane t'a-t-elle déjà raconté la légende d'Heimra? On dirait qu'elle y croit!

— Au sujet du... Loup? articula péniblement Fenella. Du Loup d'Heimra?

Val l'embrassa doucement sur la joue.

— Ne prends pas cet air effrayé, chérie. Ce n'est qu'une histoire stupide que l'on ressort de temps en temps pour faire peur à ceux qui sont assez naïfs pour y ajouter foi!

Fenella prit une profonde inspiration. Le hall lui parut soudain glacial. Andrew venait de refermer la porte de son bureau.

— Val, risqua-t-elle, tu n'aurais pas dû être désa-gréable avec lui.

— Qui? Andrew?

Il la prit dans ses bras en riant.

— Tu es adorable, Fen! Andrew ne compte pas. Rien n'a d'importance que toi et moi! Nous allons nous marier dès que possible, et personne ne pourra nous en empêcher!

Elle se blottit contre lui, le cœur battant.

— Val chéri, murmura-t-elle, je n'arrive pas à y croire. J'ai l'impression de vivre un rêve...

— Mais tu m'aimes? insista-t-il tendrement, ses lèvres tout contre les siennes.

Fenella lui mit les bras autour du cou.

— Je t'aime. Oh oui, Val, je t'aime! Tout ira bien, je le sais.

— Évidemment! Je ne vois pas qui pourrait nous mettre des bâtons dans les roues!

— Personne! fit-elle en enfouissant son visage contre lui. Tout ce que je veux, c'est te rendre heureux.

— Cela sera facile, plaisanta-t-il, je suis né sous une bonne étoile...

Fenella fut bien obligée de sourire, mais elle aurait préféré qu'il fût plus grave.

— Nous sommes tellement différents, soupira-t-elle. Comment avons-nous pu nous aimer?

— C'était écrit! Tout est écrit. Tu ne le savais pas? Nous suivons un destin tout tracé depuis le premier jour de notre vie. Nous étions faits l'un pour l'autre, c'est pourquoi nous sommes tombés amoureux...

— Et nous nous aimerons toujours, toujours! Pro-mets-le moi, Val.

— Le faut-il vraiment? Tu connais mes sentiments. C'est à cause de cette satanée maison; jamais tu n'avais douté de moi, auparavant. Viens, sortons d'ici et allons respirer dehors!

Serrée contre lui, elle avait peur encore. Et Garrisdale

n'en était pas la seule responsable. Elle sentait une menace inconnue planer sur leurs vies. Frissonnante, elle embrassa Val éperdumment.

— Attends-moi. Je vais chercher un lainage, il fait très froid, tout à coup.

Dans l'escalier, elle eut l'impression d'être épiée par des dizaines d'yeux invisibles, et ne se sentit en sécurité que lorsque Val eut refermé la porte massive derrière eux.

La main dans la main, ils traversèrent le bouquet d'arbres.

L'homme qui les observait depuis la fenêtre du bureau recula dans l'ombre de la vaste pièce, pour ne pas être vu.

2

Leur promenade ne fut pas une réussite. Un vent froid s'était levé, qui faisait gémir la cime des grands pins et jetait violemment la mer contre les rochers au pied de la falaise. Le ciel, soudain assombri, était menaçant; il était effrayant de penser que le manoir était complètement isolé au milieu de ces éléments hostiles. Il est vrai qu'Heimra Beag était tout près. Mais tout ce que l'on pouvait voir d'elle était une petite lumière intermittente et tremblante, qui changeait de place comme un feu follet malveillant.

La pluie se mit à tomber, et la lumière disparut complètement. Le vent se calma. Dans la nuit bruissante sous l'ondée, ils perçurent le son d'une cloche, immédiatement suivi du cri d'un oiseau de mer effarouché.

— Il y a quelqu'un en bas, dit Val en scrutant l'obscurité. Quelqu'un avec un bateau.

— Probablement un pêcheur, risqua Fenella. C'est peut-être le vieux domestique qui a monté nos bagages.

— Il faisait la vaisselle après le dîner, répondit Val, amusé. Il est pratiquement sourd. Il n'entend rien de ce qu'on lui dit... sauf si cela l'intéresse.

— C'est une infirmité très utile! fit la jeune fille en riant. Je le croyais seulement un peu fruste.

Elle s'arrêta et offrit son visage au vent et à la pluie.

— J'aime cette île, Val, avoua-t-elle. Nous ne devons

pas nous laisser décourager par l'attitude d'Andrew et de Jane. Leur comportement, même s'il nous déconcerte, n'est pas forcément hostile.

— Qu'ils agissent comme bon leur semble, rétorqua Val. Surtout Andrew. Je ne l'aime pas, bien que je le comprenne. Après tout, il a toujours vécu à Heimra, encouragé par grand-père. Et il a cette espèce d'orgueil d'appartenir aux Mac Kail que je n'ai jamais ressenti; peut-être parce que mon héritage m'est tombé du ciel... Je n'ai pas suffisamment connu mon père pour savoir s'il avait cette fierté ancestrale, mais je ne le pense pas.

— Je crois que je comprends cela très bien, fit Fenella rêveusement, en contemplant le manoir sombre bien campé sur son promontoire. Toutes ces traditions préservées, pour les transmettre aux générations futures... C'est une chose que nous ne devons pas prendre à la légère, Val, si nous nous marions.

— Si nous nous marions?... Voyons, chérie, il n'est pas question de « si ». Maintenant que tu as séduit grand-père, le plus tôt sera le mieux! Il tient certainement à ce que le mariage ait lieu sur l'île, et, pour ma part, je ne supporterais pas cette vie plus d'une semaine ou deux d'affilée!

Le baiser qu'ils échangèrent avait le goût âpre du sel.

— Val, il faut que tu restes. Heimra a besoin de toi plus d'une semaine ou deux. Nous devrons lui consacrer toute notre vie, et chaque minute de notre temps. Que disait ton grand-père, pendant le dîner? « On lui donne tout et l'on n'attend rien en retour. Une profonde et constante satisfaction de soi-même est la seule récompense possible. »

— As-tu remarqué la pâleur d'Andrew à ces mots? Quand il pense à toutes ces années perdues, il doit avoir envie de me tuer!

Fenella se tourna vers lui, consternée.

— Je suis sûre qu'il voit les choses sous le même

angle que son grand-père et qu'il n'attendait rien en contrepartie de tout le temps passé.

— Ce n'est qu'une supposition! Tu le connais à peine...

Il avait raison. Que savait-elle réellement d'Andrew et de son grand-père? Elle les sentait de la même race, guerriers impassibles, déterminés à servir Heimra ou à mourir. Ils ne pouvaient pas comprendre que Val ne partage pas leur vocation. Mais tout était si nouveau, pour lui. Elle était sûre qu'il y arriverait petit à petit. Il n'avait pas été élevé dans l'idée de reprendre le glorieux flambeau de ses aînés. Il n'avait jamais eu d'attache qui pût donner un sens à sa vie. Avec Heimra, tout allait changer...

Une vague de tendresse et d'amour la submergea. Elle s'arrêta et tendit ses lèvres à Val. Il les prit avec passion.

— Est-ce que tu veux toujours attendre? chuchota-t-il.

Les yeux de Fenella scintillaient comme des étoiles.

Ils rencontrèrent Andrew avant d'atteindre la terrasse. Il avait dû aller se promener sur le chemin et avait certainement été le témoin involontaire de leur dernier baiser.

— Vous ne m'avez pas écouté. Vous n'auriez pas dû aller sur le haut de la falaise cette nuit! fit-il avant de disparaître dans l'ombre.

La maison était sombre et hostile. Aucune lumière aux fenêtres. Fenella se sentit brusquement glacée.

— Es-tu sûr que ton grand-père sera d'accord?

— D'accord pour quoi? demanda Val en lui prenant le bras.

— Pour un mariage aussi rapide.

— Pourquoi pas? fit-il en lui caressant les cheveux. J'ai même l'impression qu'il essaiera de hâter l'heureux événement. Il aimerait me voir installé ici avant d'aller rejoindre les autres vieux Vikings outre-tombe, au Walhalla ou ailleurs.

— Je pensais que tu ne croyais pas aux légendes?

Val eut un rire léger.

— Tout au fond de moi, peut-être que si, plaisanta-t-il. Les vieilles légendes, bien établies, celles qui ne font plus aucun mal, tu vois? Maintenant, en ce qui concerne le cousin Andrew, il faut qu'il sache qu'il n'a pas la moindre chance de rester ici pour de bon!

— Ne le braque pas, supplia Fenella. Ne rends pas les choses plus difficiles qu'elles ne le sont déjà!

— C'est plutôt lui qui est désagréable, tu ne trouves pas? Lui et sa charmante sœur. Elle n'a aucune envie de s'en aller. Elle est la seule femme, ici, et elle régente tout. Elle se battra pour ce privilège, Fen, rappelle-toi bien cela! Jane se défendra comme une tigresse pour préserver ce qu'elle considère comme ses droits.

— Mais nous ne la connaissons pratiquement pas, protesta Fenella. Il vaudrait mieux l'avoir comme amie que comme ennemie!

— Ce qui prouve que tu ne la connais pas, en effet. Laisse-moi m'occuper de tout cela, Fen. Tu n'es pas faite pour le combat.

Andrew était dans le hall quand ils entrèrent. Le feu rougeoyait derrière lui, projetant son ombre sur le sol.

— Je vous ai commandé quelque chose de chaud. Vous devez être complètement trempés.

La pluie dégoulinait encore de sa propre chevelure, mais il ne semblait pas s'en soucier.

— Nous aurions pu nous en passer, fit Val, vaguement agressif. Nous ne voulons causer aucun dérangement à cette heure-ci.

Andrew les observait à travers la fumée de sa pipe.

— Maintenant que vous avez vu un peu l'île, qu'en pensez-vous? demanda-t-il.

— Il n'y avait pas grand-chose à voir, répliqua Val qui semblait à tort irrité par la question. Quelques lumières un peu plus loin le long de la côte. Celles du village, probablement. Et puis une autre lumière, du côté d'Heimra Beag.

Andrew retira sa pipe de sa bouche.

— Quand? demanda-t-il vivement. Personne n'habite à Heimra Beag.

— Alors, ce devait être un phare, ou un bateau, répondit Val négligemment. J'avais cru la voir bouger, c'est tout.

— Il n'y a pas de phare à Heimra Beag, l'informa son cousin. Les récifs sont signalés par des bouées à cloche. Tu as dû te tromper.

— Alors, ce devait être un revenant, conclut Val, visiblement lassé par le sujet. Il doit y en avoir beaucoup dans le coin.

Andrew ne répondit pas. Pendant quelques minutes, il tira sur sa pipe en silence.

— Quand avez-vous l'intention de vous marier? demanda-t-il enfin.

— Aussi tôt que possible. Fenella n'a plus de famille, ses parents sont morts tous les deux. Quant à ma mère, elle ne fera sûrement pas le voyage depuis le Midi de la France. Elle déteste l'Angleterre. Mais elle aimerait bien nous avoir pour notre lune de miel; elle nous laissera même la villa à nous seuls quelque temps.

— Mais elle ne viendra pas à Heimra pour ton mariage, remarqua sèchement Andrew. Il va y avoir pas mal de choses à préparer.

— Fenella s'en occupera.

— Je veux dire sur l'île...

Andrew se leva pour aller secouer le fourneau de sa pipe contre les chenêts.

— Cela va être un événement important, ici. Le mariage de l'héritier! poursuivit-il d'une voix neutre. Aucun Mac Kail ne s'est marié à Heimra depuis soixante ans. Mon père parce qu'il n'était pas l'aîné; et le tien pour plaire à sa fiancée. Le vieil homme a assisté à ces deux mariages en essayant de cacher sa peine. Cette fois, ce sera différent.

Norval sembla un instant déconcerté, puis irrité.

— Écoute, dit-il. Je peux m'occuper moi-même des préparatifs de mon propre mariage. Je n'ai besoin des conseils de personne. Se marier dans une île ou ailleurs, où est la différence? Il y a bien une église, et un pasteur, n'est-ce pas? C'est tout ce qu'il nous faut.

Un sourire éclaira enfin le visage d'Andrew.

— Pas tout à fait. Il y a beaucoup de coutumes que tu dois connaître, et tu devras faire des concessions aux villageois. Ils n'ont pas assisté à l'anniversaire de ta majorité. Ils attendront donc plus encore de ton mariage. Ce ne sera pas une cérémonie ordinaire. Il faudra l'organiser soigneusement, pour qu'elle plaise à tout le monde.

Une bizarre petite crainte s'insinua dans le cœur de Fenella. Tout leur échappait. Val et elle n'étaient que des rouages dans la machine bien huilée d'Heimra.

— C'est aussi mon mariage, vous savez, risqua-t-elle, une prière inconsciente dans les yeux. S'il vous plaît, Andrew, que tout soit aussi simple que possible!

Elle n'avait pas fait exprès d'implorer ainsi Andrew, et Val en parut surpris.

— Qu'est-ce qu'Andrew a à voir là-dedans? Il n'est plus rien à Heimra, bien qu'il continue à se comporter comme s'il en était le maître.

Andrew rougit sous l'insulte, dictée par la jalousie; mais il parvint à se dominer et dit presque calmement :

— Tu auras besoin de mon aide, que tu le veuilles ou non. Alors, pourquoi ne pas l'accepter de bonne grâce?

Avant que Val n'ait pu répondre, Callum entra avec un plateau. Andrew et Val prirent un grog au whisky, et Fenella du lait chaud.

Ils s'assirent autour du feu rougeoyant et se sentirent enfin un peu plus proches les uns des autres, conscients de la force irrésistible de cette île qu'ils étaient tous destinés à servir.

Callum ranima les braises avant de sortir. S'il n'entendait pas tout ce qui se disait, son regard était perçant. Il semblait avoir ce sixième sens qui se développe souvent chez les solitaires. Il avait senti à quel point l'arrivée du nouvel héritier avait perturbé ceux qu'il aimait. Et il pressentait des malheurs à venir sur Garrisdale. Il secouait la tête en s'en allant, comme pour chasser ces sombres pensées...

Une fois seule dans sa chambre, Fenella eut le sentiment profond d'être arrivée à un carrefour de sa vie. Il y avait deux chemins possibles. Mais la rapidité avec laquelle les événements s'étaient déroulés ces dernières semaines la poussait à poursuivre droit devant elle.

D'ailleurs, dès qu'ils eurent exprimé à Adam Mac Kail leur désir de se marier rapidement, il n'y eut plus de retour en arrière possible. Le vieillard se plongea dans les préparatifs du grand jour avec un enthousiasme qui alla droit au cœur de Fenella. Val lui-même acceptait tout avec bonne volonté.

Il passait le plus clair de son temps à la distillerie, où son cousin le mettait au courant de la marche de l'entreprise. Fenella découvrait le village, dont elle était arrivée à connaître beaucoup d'habitants. Ceux-ci furent d'abord réticents à son égard. Ils restaient distants et continuaient à parler d'Andrew comme du « jeune Maître ». Elle en fut blessée, jusqu'à ce qu'elle apprenne à mieux les connaître. Longs à donner leur amitié, ils étaient ensuite d'une loyauté à toute épreuve. Andrew avait longtemps été leur futur châtelain, et ils l'aimaient et le respectaient. Mais ils ne connaissaient pas encore Val et réservaient leur opinion sur lui.

Val s'intéressait plus à la distillerie qu'à l'île elle-même. Elle était située au bord de la baie de Camusskiary. Derrière elle s'étendait le village, juste au pied du ravin de Garrisdale, là où le torrent bouillonnant arrivait, après avoir dévalé la montagne. C'était dans ce ruisseau aux eaux un peu jaunes que résidait le secret de la liqueur d'Heimra, ce qui fascinait Val. Il avait choisi de travailler à la distillerie et n'accompagna même pas Fenella à Édimbourg lorsqu'elle alla y faire des achats.

La jeune fille avait demandé à Jane de l'accompagner, mais sa proposition tourna court.

— A votre avis, Fenella, qui va s'occuper de tout, pendant que vous lécherez les vitrines de Princes Street? Non, arrangez-vous sans moi. Je serais à peine capable de vous conseiller sur le choix de votre robe de mariée.

— Mais vous serez ma demoiselle d'honneur? Il n'y a personne d'autre.

Jane eut une très brève hésitation, avant de répondre fermement :

— Vous feriez mieux de chercher quelqu'un de plus jeune. J'ai dépassé trente ans.

— Cela n'a aucune importance. Vous ne les paraissez pas, mentit Fenella. Cela ferait plaisir à votre grand-père; tout se passerait en famille.

Jane la regardait avec une froide hostilité.

— On dirait que vous l'avez séduit, non? Abusé par un joli visage...

— Je n'y suis pour rien, répondit Fenella, complètement désemparée. Nous nous sommes plu mutuellement dès que nous nous sommes vus.

— Vous lui faites du charme. Les hommes sont sensibles aux flatteries, surtout quand elles viennent d'une femme...

— J'aime à croire qu'il s'agit d'autre chose, répliqua Fenella. Je ne flatte personne, et de toute façon, votre grand-père est beaucoup trop intelligent pour se laisser prendre à l'hypocrisie.

Elle regarda Jane bien droit dans les yeux.

— Nous allons devoir vivre ensemble. Ne vaudrait-il pas mieux faire la paix?

Jane eut un sourire amer.

— Vous arrivez ici, avec l'homme qui a froidement gâché les plus belles années de mon frère, et vous voulez notre sympathie. Vous allez unir votre vie à celle d'Heimra, sans rien connaître de l'île, et vous voudriez que je vous aide! Eh bien, non! Je n'ai pas cette duplicité. Je ne peux pas me tenir dans l'église à vos côtés et vous souhaitez du bien. Il vous faudra trouver une autre demoiselle d'honneur!

— Je suis désolée que vous pensiez ainsi!

La colère et le chagrin s'étaient emparés de Fenella.

— Je me débrouillerai toute seule. Londres est trop loin pour que mes amies puissent venir, mais je suis sûre, au moins, qu'elles me souhaiteront beaucoup de bonheur...

C'est à cause de cette pénible scène qu'elle arriva à l'église sans cortège. Cela n'avait pas l'air de choquer l'assemblée. Cependant, elle s'accrocha un peu plus au bras d'Adam Mac Kail, qui la mena fièrement à travers la nef jusqu'aux marches du chœur. Peut-être n'était-ce finalement que sa fidèle affection qui l'avait menée si loin?

Norval se tenait, grand et droit, au côté de son cousin. Mais plus tard, ce fut le visage fermé et sombre d'Andrew que Fenella garda en mémoire. Callum les avait conduits à l'église dans un landau découvert. Le soleil déjà haut les réchauffait. La route était bordée d'une double rangée de spectateurs. Les enfants, exceptionnellement en vacances ce jour-là, étaient tous accourus pour assister au mariage de l'héritier. Une nouvelle épousée arrivait à Heimra Mhor.

Dans le calme de la petite église, Fenella prononça le serment. Elle promit d'aimer, honorer et respecter l'homme qui était à son côté. Mais elle faisait plus que cela. Elle se vouait corps et âme à Heimra pour le reste de sa vie.

Norval était parfaitement maître de lui. Il fit ses réponses d'une voix forte et assurée. Et quand ils sortirent vers le soleil, il posa sa main sur celles de Fenella avec une toute nouvelle confiance en lui.

Les cloches carillonnaient à toute volée, reprises par l'écho, au-delà de Camusskiary, contre les rochers d'Heimra Beag. Un joueur de cornemuse les escorta jusqu'à la rivière où les attendait le landau. Callum se tenait près des deux chevaux gris, tout droit et très fier, et il les salua quand ils montèrent.

La réception eut lieu à Garrisdale. Jane s'était surpassée. La vieille demeure était complètement transformée, égayée par des fleurs et des feuillages. Le repas de noces, qui fut servi dans la longue salle à manger, n'aurait pu être organisé avec plus grand soin. Chaque plat avait été merveilleusement préparé. Même le superbe gâteau de mariage avait été fait à la maison.

Jane, dans un ensemble bleu, un chapeau périlleusement perché sur sa chevelure de jais, fut submergée de compliments. C'était une réception parfaite, dont Heimra se souviendrait longtemps.

Tout étourdie de bonheur, Fenella allait d'un groupe d'invités à l'autre, gracieuse et souriante. Ce fut seulement quand ils furent prêts à partir en voyage de noces que la jeune femme réalisa qu'elle avait à peine vu Andrew, dans l'affairement des dernières semaines. Il s'était enfermé dans le travail. Il s'y adonnait sans répit, pour pouvoir remettre Heimra entre les mains de son cousin aussi tôt que possible. Il les évitait autant qu'il le pouvait et fit deux fois le voyage d'Édimbourg pour des raisons connues de lui seul. Il n'était rentré de son second séjour dans la capitale que deux jours avant le mariage. Il en avait rapporté un nouveau kilt, et son grand-père avait insisté pour qu'il le portât. Val était également en kilt. Un peu gêné au début, il avait vite été rassuré par les regards approbateurs de l'assistance.

Fenella, en costume de voyage, descendit le vaste

escalier. Parmi les amis qui leur offraient leurs vœux de bonheur, elle ne vit qu'Andrew. Leur voulait-il aussi du bien ?

Leurs yeux se rencontrèrent, mais elle ne put lire dans son regard impassible. Ils se serrèrent la main, et il dit simplement :

— Soyez heureuse, Fenella. Vous avez épousé Heimra, maintenant. Faites en sorte de revenir.

C'était étrange de l'entendre dire cela. Fenella se tourna vers son mari. Combien de temps avait-il l'intention de rester absent ?

Val la prit par la main pour la mener jusqu'au landau. Elle portait encore son bouquet de mariée et, impulsivement, elle le lança vers les personnes qui les regardaient partir. Jane se tenait en haut du perron, et les fleurs atterrirent juste à ses pieds. Elle resta un instant immobile à les regarder, puis elle se pencha, les ramassa, et les écrasa entre ses mains.

— Je n'aurais jamais dû faire ça, pensa tristement Fenella. Elle ne me le pardonnera pas.

Elle se tourna vers Val pour se faire réconforter, mais il était occupé et n'avait rien vu. Andrew, lui, avait remarqué la scène. Il se tenait debout près de son grand-père, bien droit, sombre, l'air sévère, devant la grande maison de pierre qui se découpait sur les eaux bleues de la mer. La baie était splendide, ce jour-là, caressée par une brise légère, et les rochers de Heimra Beag, au loin, brillaient sous le soleil. C'était l'image qu'elle voulait emporter avec elle, le souvenir d'une île paisible et amicale.

— Tout a été merveilleux, Val, s'exclama-t-elle en lui prenant la main. J'aime tant ton grand-père. Il me donne l'impression d'être... utile.

— J'en suis ravi, répondit Val en s'appuyant à la banquette de cuir du landau. Andrew et Jane ne nous pardonneront jamais d'être venus entraver leur destin. A mon avis, Andrew pensait pouvoir me racheter

32

l'affaire, si j'étais resté célibataire. Il savait que ce domaine ne m'intéressait guère. Mais maintenant, c'est différent, tu es là.

Il lui embrassa la main.

— Il voit en toi la mère du futur héritier, et cela repousse d'autant ses chances de posséder Heimra un jour. Quant à Jane, ajouta-t-il en haussant les épaules, c'est le genre de femme qui me laisse indifférent. Elle ne rêve que de tout régenter, et c'est ce qu'elle fait à Heimra depuis seize ans. Je me demande pourquoi elle ne s'est jamais mariée. Peut-être y a-t-il une histoire là-dessous...

— Comme la légende du Loup? questionna Fenella avec un rire un peu forcé. Tu sais, je ne l'ai jamais entendue, depuis le temps que je suis dans l'île.

— Alors, n'y pense plus. Je ne suis pas sûr de la connaître très bien, moi-même. Il y a tellement de versions différentes de l'histoire...

— Il faudra tout de même que nous l'apprenions, puisque nous sommes d'ici, à présent.

— Tu as l'air d'en être toute fière, fit-il attendri. Puisque c'est ainsi, je te dirai tout au sujet du Loup!

— Tu ne prends pas cela au sérieux. Pourtant, peut-être le faudrait-il?

— Attends de l'avoir entendue!

Il prit une voix caverneuse.

— Il y a bien longtemps, quand aucun étranger n'avait encore mis le pied sur Heimra, la population vivait heureuse, tendant ses filets et pêchant entre Muldaonish et la côte de Skye. Tout allait pour le mieux dans le meilleur des mondes! Mais un jour, l'héritier des Mac Kail disparut. C'était un tout petit enfant, incapable de se déplacer par ses propres moyens. On pensa donc qu'il avait été enlevé. Les recherches commencèrent. L'île fut fouillée de fond en comble, ainsi qu'Heimra Bag, mais en vain.

Val était très bon comédien. Il imitait la voix lente de

33

Callum, et on aurait dit que c'était lui qui racontait l'histoire.

— Alors?... demanda Fenella, fascinée. Que s'est-il passé?

— Ils parcoururent les îles pendant des jours et des jours sans trouver le moindre indice. Il avait complètement disparu. Sa pauvre mère en mourut de chagrin, et le châtelain perdit tout entrain. Il n'y avait pas d'autre héritier qu'un cousin éloigné qui vivait à l'étranger.

« Et puis, un jour, le garçon revint. Il était méconnaissable, à part une tache de naissance dont sa nourrice se souvenait. Il avait alors dix ans, et il était aussi féroce qu'un tigre. Aurais-je dû dire un loup? Rien ne pouvait en venir à bout. Il devint un jeune homme brutal et cruel, qui ravageait les îles comme un grand aigle des mers. On apprit qu'il avait vécu toutes ces années à Heimra Beag, caché dans une grotte secrète, et protégé par un loup.

— Une version celtique de l'histoire de Romulus et Rémus, en quelque sorte, plaisanta Fenella en se forçant à sourire. Comme c'est étrange! Est-ce tout?

— Pas tout à fait.

Ils commençaient d'apercevoir le port, vers le sud, où la « Vierge d'Heimra » les attendait, prête à appareiller.

— D'après la légende, le Loup prendrait de temps à autre forme humaine. On l'entend hurler tout seul à Heimra Beag. En particulier à la naissance ou à la mort d'un héritier.

— N'en parlons plus, Val, s'il te plaît, dit Fenella, glacée jusqu'aux os et beaucoup plus émue qu'elle ne l'aurait voulu. Ce... ce n'est en effet qu'un conte stupide. Aucune personne sensée ne peut y croire.

— Je n'en suis pas si sûr, dit-il pour la taquiner. Notre ami Callum y croit, lui, et la plupart des villageois aussi. Certains prétendent même qu'ils ont entendu le Loup hurler récemment à Heimra Beag. Ils considèrent cela comme un mauvais présage. C'est pourquoi ils ne mènent jamais leurs moutons paître sur la petite île, bien que l'herbe y soit excellente. Et tu n'en verras aucun s'y risquer par une nuit d'orage... Voilà pour notre légende. Qu'en penses-tu?

— C'est absolument fabuleux! Mais je crois que je ferais mieux de l'oublier, fit-elle, aussi légèrement qu'elle le put.

— Mais oui, promit-il en l'aidant à descendre du landau. Nous n'aurons plus l'occasion de penser à Heimra ni à ses légendes, à partir de maintenant. Je n'ai pas l'intention de revenir, Fen. J'en ai vu assez de mon précieux héritage. Andrew peut le garder. C'est ce qu'il souhaite, apparemment, et cela lui convient tout à fait.

Fenella le regarda, pétrifiée.

— Ce n'est pas possible, tu ne dis pas cela sérieusement? murmura-t-elle. Où irions-nous? Nous appartenons à cette terre, Val, c'est là que nous devons vivre!

Il la prit par le bras et la conduisit le long du quai.

— Heimra t'a envoûtée. Je m'en étais rendu compte dès que nous sommes arrivés. Mais nous ne pouvons pas passer notre vie ici, Fen! Tu te rendras compte que j'ai raison, dès que nous aurons retrouvé une vie normale. C'est trop petit, trop isolé, et tellement triste! Personne ne peut raisonnablement désirer vivre de cette façon. Sept semaines m'ont largement suffi!...

Ç'avaient été les semaines les plus merveilleuses que Fenella eût jamais vécues, malgré ses dissensions avec Jane. Elle se sentit soudain complètement désemparée, et submergée par un affreux pressentiment.

Le capitaine vint jusqu'à la passerelle pour leur souhaiter la bienvenue à bord, et la « Vierge d'Heimra » prit la mer. Fenella resta sur le pont avec son mari, regardant s'éloigner cette île qu'elle s'était mise à tant aimer. L'image des baies de sable blanc et de la montagne escarpée tremblait devant ses yeux remplis de larmes.

« Nous devons revenir, pensa-t-elle. Il faut que je le fasse comprendre à Val. »

3

La Villa Lutetia était illuminée d'un bout à l'autre. Elle scintillait comme un diamant contre le velours sombre de la nuit méditerranéenne et se reflétait dans la mer, au bas de la falaise.

Il y avait des centaines d'habitations semblables tout le long de la côte, mais celle-ci différait des autres parce qu'elle était plus petite. Cette particularité n'enlevait rien à sa popularité. Camilla Halford et son mari, Georges, habitaient là depuis quinze ans. Leurs nombreux amis avaient accueilli Val et son épouse avec beaucoup de gentillesse. Désireux de laisser les jeunes mariés profiter pleinement de leur lune de miel, Camilla et Georges avaient passé un mois à New York, leur laissant la libre disposition de la villa.

Georges s'était montré assez nerveux, mais Camilla était émerveillée par la facilité avec laquelle son mari pouvait peindre, partout, dans n'importe quelles circonstances. Bien qu'elle-même ne comprît rien à ses œuvres, il les vendait très bien. La vie que la mère de Val menait auprès de Georges était gaie et animée. On ne s'ennuyait jamais, avec lui. Ça n'avait pas été la même chose avec James Mac Kail. C'était un homme agité et instable. Ils n'avaient jamais eu les mêmes idées, et elle ne comprenait plus du tout ce qui avait bien pu la pousser à se marier avec lui!

Après la naissance de Val, le fossé qui les séparait était devenu un gouffre. C'était sans espoir. James était parti de par le monde, en quête d'on ne savait quoi. Et elle avait repris sa carrière interrompue de chanteuse. C'est alors qu'elle avait rencontré Georges. C'était aussi simple que cela. Camilla et James avaient divorcé, et s'étaient partagé un temps la garde de Val. Mais c'était bien à sa mère qu'il ressemblait. Il n'avait aucun trait de son père, ni physiquement ni moralement. D'ailleurs, il adorait être avec elle, et elle faisait tout ce qu'il voulait. Elle avait été très étonnée par son brusque départ en Écosse mais elle avait pensé qu'il cédait au devoir. Après tout, il était l'héritier du vieil homme.

Camilla s'étira paresseusement et traversa la terrasse en direction de la maison. Les derniers invités étaient partis une demi-heure auparavant. Ç'avait été une charmante soirée, la troisième depuis son retour des États-Unis. Il fallait bien qu'elle remercie ses amis de leur gentillesse vis-à-vis de Val et de sa femme.

Son front se plissa à la pensée de Fenella. Quelle drôle de fille, calme et renfermée. Tout à fait à l'opposé de Val. Camilla soupira. On ne choisit jamais vraiment !

Elle se heurta à Georges, sur le seuil.

— Nos tourtereaux se sont retirés, annonça-t-il en allumant un dernier cigare. Tu sais, Cam, je ne suis pas très sûr de la réussite de ce mariage. Cette fille est agitée. Elle a besoin de s'établir quelque part.

— Chéri ! C'est la contradiction la plus effarante que j'aie jamais entendue ! J'ai toujours pensé que c'était Val qui était remuant. Son mariage, si tôt, m'a étonnée.

— Tout le monde se marie jeune, à notre époque. Ils n'ont aucune raison d'attendre. Mais tu as sûrement raison, au sujet de Val. Il n'a jamais été casanier, je l'admets. Je voulais dire que notre petite Fenella a visiblement besoin d'avoir une maison bien à elle.

Camilla alla se blottir dans ses bras.

— Tu es vraiment un vieux sentimental, chéri. Il y a à

peine cinq semaines qu'ils sont là, et nous avons encore des tas de gens à inviter!

— C'est exactement ça! Fenella n'est pas faite pour la vie mondaine. Elle a besoin de racines, de fonder un foyer.

— Eh bien, ils peuvent le faire ici, décréta Camilla. Nous allons leur chercher quelque chose de bien. Un appartement, ou une de ces délicieuses petites maisons retapées sur la côte. Ils n'ont pas besoin d'être dépendants de nous, si cela ennuie Fenella.

Ses mots tombèrent dans le silence.

— Mon amour! Tu as toujours des pensées si profondes! A quoi penses-tu, maintenant?

— Je me demandais où allait habiter Val.

— Ah oui, fit Camilla en souriant. Il y a Heimra! Les Mac Kail fabriquent leur propre whisky, ou quelque chose comme ça?

— Ils distillent une liqueur très rare, rectifia-t-il. On ne peut pas dire qu'ils soient millionnaires.

— Non. Le vieux était même tout à fait radin! Il n'a jamais vraiment aidé James, à part un chèque ou deux.

— Peut-être pensait-il que vous auriez dû rentrer à Heimra?

— Georges, mon chéri! Tu es fou! Une île perdue, isolée? Comment aurais-je pu?

— James aurait-il aimé y retourner?

Elle haussa les épaules.

— Pas particulièrement. Son père et lui n'avaient pas la même façon de voir les choses. C'était le cadet, le vrai Mac Kail.

— As-tu parlé avec Val de son héritage? demanda Georges en se dirigeant vers la maison.

— Oh oui! Il pense que ce n'est pas la peine qu'il aille là-bas tant que son grand-père est en vie. Son cousin s'occupe du domaine. Au début, Val avait projeté de travailler à la distillerie, mais son cousin a rendu les choses difficiles.

— Heureusement, plaisanta Georges. Je n'imagine pas Val dans ce rôle!

— Pourquoi le ferait-il s'il n'en a pas besoin? C'est ridicule! Tous ses amis sont ici ou à Londres. Val a l'intention de chercher du travail très bientôt. Pour l'instant, il a l'air d'avoir beaucoup d'argent.

— En effet, je l'ai remarqué, fit Georges sèchement.

Camilla eut un coup d'œil vers la villa où quelqu'un allait de pièce en pièce, éteignant les lumières.

— Consciencieuse Fenella! Elle croit que nous devons économiser l'électricité.

Fenella était encore dans le hall quand ils rentrèrent.

— J'ai éteint la plupart des lampes car j'ai cru que vous étiez partis vous promener, expliqua-t-elle.

— Prenons un verre avant d'aller nous coucher, décréta Camilla.

— Il est bien tard, hésita Fenella.

— Ou tôt, fit Georges en riant. Vous ne vous faites pas à notre existence d'oiseaux de nuit, n'est-ce pas, Fenella? C'est sans doute vous qui avez raison. Montons tous nous coucher.

Fenella gravit lentement l'escalier de marbre, sa main glissant sur la rampe de fer forgé. La villa était vraiment ravissante, mais ce n'était pas l'idée qu'elle se faisait d'une maison.

Val n'était pas encore couché, et Fen se demanda si le moment était bien choisi pour lui parler de leur avenir.

— Val, pouvons-nous discuter un moment?

— A cette heure-ci?

— C'est important... Et je ne te vois presque jamais seul.

Il s'approcha d'elle en souriant.

— Eh bien, tu me vois, là! De quoi veux-tu que nous parlions?

Fenella dut faire un effort pour cacher sa nervosité.

— De notre avenir, de notre avenir ensemble.

— Quel ton solennel! Tu es sûre que cela ne peut pas attendre?

— Il y a cinq semaines que nous sommes ici.

— Et tu en as déjà assez de notre lune de miel?

— Je n'ai jamais dit ça, fit-elle en déposant un baiser sur sa joue. Mais je pense que Georges et ta mère ont peut-être envie de récupérer la villa pour eux seuls.

Val repoussa cette idée en riant.

— Je n'ai jamais vu ma mère seule, déclara-t-il. Elle est toujours entourée d'amis, elle en a besoin. Elle est ravie que nous soyons là, ne t'en fais pas pour ça.

La jeune femme alla à la fenêtre.

— Il n'y a pas que cela. Je pensais à nous, Val.

Elle se retourna pour lui faire face.

— Nous ne pouvons pas continuer à vivre ainsi, sans rien faire. Cette lune de miel a été merveilleuse, mais il faut revenir sur terre, tôt ou tard. Ton grand-père nous attend à Heimra.

— Ah, c'est ça! fit-il, le regard brillant derrière ses paupières plissées. Eh bien, il n'en est pas question! Je ne retournerai pas m'enterrer sur cette île!

Interloquée, elle resta immobile, croyant entendre encore les paroles du vieux châtelain. « La défaillance des maîtres a toujours été une malédiction pour les Highlands. Ils saignent le pays à blanc, comme des sangsues, puis le quittent, le laissant à sa misère. »

— Val, c'est impossible. Un jour Heimra sera à toi. Il faut que ton grand-père t'apprenne le plus de choses possibles, tant qu'il est encore de ce monde.

— Tu oublies Andrew...

Fenella se sentit rougir au nom d'Andrew.

— Ce n'est pas très honnête de lui demander de rester et de faire le travail à ta place, remarqua-t-elle.

— Je ne considère pas que ce soit mon travail. Je n'ai pas été élevé pour ça. Je ne connais rien à la gestion d'un domaine.

— Ne pourrais-tu apprendre? Je t'en prie, Val...

— Qu'y a-t-il? demanda-t-il en l'attrapant par le bras. Pourquoi tiens-tu tellement à retourner là-bas?

— Parce que je pense que c'est notre place, avoua-t-elle. Et parce que j'aime Heimra.

Il la regardait, incrédule.

— Tu connais à peine l'île. Mets-toi bien dans la tête que nous n'y retournerons pas. Nous ne le pouvons pas.

— Nous ne le pouvons pas?...

Il lui lâcha le bras et se détourna d'elle.

— Je ne crois pas que nous serions les bienvenus. D'abord, je ne suis pas l'homme qu'il faut.

Fenella dut faire un effort pour assurer sa voix.

— Val, cette lettre que tu as reçue l'autre jour. Elle venait d'Heimra, n'est-ce pas? Andrew?

Il lui tournait toujours le dos.

— Pourquoi?

— Je... je me demandais ce qu'il avait à te dire.

— Eh bien, cesse de te poser des questions, fit-il d'un ton coléreux. C'était personnel. Une question de travail.

— T'a-t-il demandé de rentrer à la maison?

Val éclata de rire.

— Comme tu aimes ce mot, Fen! Tu l'auras bientôt, ta « maison ». Mais sûrement pas sur une île perdue des Hébrides, je t'en donne ma parole!

— Je vois...

— Tu es déçue?

Il l'attira contre lui, et elle plongea son regard pur dans le sien. Elle ne savait pas mentir.

— Oui, je le suis. Je pensais que nous réussirions notre vie, à Heimra.

— Et ici?

— Ici? s'étonna Fen. Nous ne pouvons pas rester; c'est la maison de ta mère.

— Je veux dire en France, sur la Côte. Je trouverai du travail. Les bateaux, par exemple. Je les connais bien. Nous en parlerons demain matin, si tu veux bien, conclut-il en bâillant. Il est trois heures!

La jeune femme soupira. Leurs discussions se terminaient toujours de la même façon.

Après cette scène, la pensée d'Heimra ne quitta pas Fenella. Il y eut d'autres lettres d'Andrew, mais Val refusait de lui en dire le contenu.

Le problème de leurs ressources commençait à se poser à Fenella. Elle avait été humiliée en voyant Val accepter un chèque de sa mère, comme une chose tout à fait naturelle.

— J'ai l'habitude d'avoir Val près de moi, dit un jour Camilla. Je ne vois pas pourquoi vous retourneriez en Angleterre. La vie est très gaie ici, Fenella, je suis sûre que vous finirez par l'aimer, comme nous tous. Georges et moi, nous adorons le soleil.

— Georges travaille, ici, remarqua Fenella. Val et moi devons nous établir quelque part.

— Alors, pourquoi pas près de nous? Val pourrait monter une petite affaire de transport le long de la côte. Je lui achèterai son premier bateau. Je lui en ai déjà parlé, et cela a l'air de l'intéresser. Cependant, il m'a affirmé qu'il avait assez d'argent pour démarrer seul. Nous en avons discuté ce matin, avant qu'il ne parte pour Cannes.

Fenella s'efforça de garder son calme.

— Val ne m'en a pas parlé, reconnut-elle. Pourtant, si c'est ce qu'il veut faire, il aurait dû me tenir au courant.

Camilla alluma une cigarette.

— Ne seriez-vous pas un tout petit peu maladroite, ma chère? dit-elle, glaciale. Val m'a toujours consultée pour ses décisions, et, puisque j'y engage de l'argent, j'ai le droit d'être au courant, non?

— Je ne lui reproche pas d'en avoir discuté avec vous. Je trouve simplement qu'il aurait dû me tenir au courant.

— Oh, mon Dieu! C'est une tempête dans un verre

42

d'eau! Vous ne changerez pas Val, mon petit! Il a besoin de remuer, de voir des gens, d'agir; vous auriez pu vous en apercevoir plus tôt...

— J'ai l'impression que nous ne parlons pas du même homme, soupira Fen. Je suis sûre qu'il vaudrait mieux que Val se débrouille tout seul.

— Quelle ingratitude! s'écria Camilla. Vous n'arriverez pas à le traîner en Écosse; alors, autant y renoncer tout de suite!

Fenella se rendait compte que la mère de Val l'avait toujours protégé, gardé près d'elle et qu'elle n'entendait pas que cela changeât.

Val rentra de Cannes, annonçant qu'il avait acheté un bateau à quatre couchettes. Il avait l'intention de le louer pendant les mois d'été et de faire office de capitaine lorsqu'on le lui demanderait. La seule chose qui consola quelque peu Fenella fut d'entendre son mari déclarer qu'il paierait ce bateau tout seul.

Camilla parut surprise mais ne dit mot. Elle se dirigea avec son fils vers la jetée pour admirer le voilier. Fen suivait avec Georges.

— Il est vraiment splendide, non? s'écria Val, en le contemplant comme il l'aurait fait d'un nouveau jouet. Il y a un moteur auxiliaire, mais il navigue à la voile comme aucun autre!

— Mais as-tu au moins un client? lui demanda son beau-père.

— Deux, à vrai dire, répondit Val évasivement. Une partie du mois d'août, et la première quinzaine de septembre.

Le cœur de Fenella chavira.

— C'est-à-dire que tu seras absent six semaines?

— Eh oui! fit-il en l'aidant à monter à bord. Mais tu seras très bien, à la villa. Georges m'a promis de prendre soin de toi...

Georges ne répondit pas, mais Camilla intervint :

— Ne vous mettez pas en travers du chemin de Val,

Fenella. Il peut monter une petite affaire très intéressante, et la villa est assez grande pour nous tous. Et quand Val sera au loin, vous ne vous retrouverez pas seule.

Fenella sentit l'angoisse monter en elle. Était-ce ainsi que Val voyait leur vie? Elle restant chez sa mère, et lui voguant sous d'autres cieux?

Elle attendit d'être seule avec lui pour lui en parler.

— Val, ne pourrions-nous trouver un logement bien à nous? supplia-t-elle. Pas grand-chose : je me contenterais d'un petit appartement; tous les coins de la côte sont charmants.

— Tiens, tu as changé, sourit-il, évitant la réponse. La dernière fois, c'était Heimra ou rien!

— Je pense toujours que nous aurions dû y retourner.

— Le sujet est clos, fit-il avec colère. N'y reviens pas! Je n'ai pas les moyens de payer un loyer maintenant. Nous verrons plus tard, si les affaires marchent bien. Peut-être pourrai-je même t'emmener avec moi...

Cela lui plaisait, mais pas les semaines à venir. Elle ne s'imaginait pas à la villa Lutetia sans Val.

— J'aimerais travailler, dit-elle. Pour m'occuper.

— Tu n'en as pas besoin, répondit-il évasivement. Aimerais-tu aller passer quelque temps à Heimra?

Bien qu'elle ne prît pas sa proposition au sérieux, Fenella eut un coup au cœur.

— Je ne peux pas y retourner seule...

4

Durant les jours qui suivirent l'achat du « Renard des Mers », Fenella vit très peu Val. Ils n'étaient jamais seuls. La villa semblait être un carrefour où se rencontraient toutes sortes de gens.

Quant à Georges, il peignait.

— Je me demande si j'y arriverais, dit un jour pensivement Fenella en le regardant travailler. Je trouve cela fascinant.

— Pourquoi ne pas essayer?

— Je peux? fit-elle impatiente.

— Je vous donne une toile, répondit-il en souriant.

Ils travaillèrent côte à côte pendant près d'une heure. Fenella n'était pas trop mécontente d'elle.

— Vous êtes douée, complimenta Georges. Continuez, vous verrez que c'est une grande aide, quand les choses vont mal.

Leurs regards se croisèrent.

— Il faut absolument que nous ayons un foyer à nous, Georges, fit la jeune femme.

— Je suis de votre avis, bien que je sois très heureux de vous avoir parmi nous, répondit-il sincèrement. Et il vaut mieux que ce soit le plus tôt possible. Quand une habitude est prise, on ne peut plus la briser. On continue. Et il ne faut pas que cela vous arrive, Fen.

Elle se sentait trop jeune, trop inexpérimentée, pour mettre à profit ce conseil avisé.

— Je manque de courage...

— Mais vous le trouverez, affirma-t-il.

— Voulez-vous m'aider? Je sais que je dois prendre une décision, pour Val comme pour moi. Mais je ne sais pas comment m'y prendre. Je n'arriverai pas à convaincre Camilla; elle est heureuse que nous vivions ici.

Georges regardait la mer au loin.

— C'est ce qui pourrait vous arriver de pire, à Val et à vous. Camilla s'ennuie de temps en temps, même quand elle a des invités. Val a toujours été une sorte de divertissement pour elle, une présence agréable. Mais, très franchement, je ne pense pas que son départ lui briserait le cœur!

— Dans ce cas, c'est Val qu'il faut décider!

— Vous y parviendrez, déclara Georges. Mais n'attendez pas trop... Il ne faut pas qu'il entre dans la ronde!

Il y était déjà... Les amis de sa mère étaient très vite devenus les siens, et il les accompagnait volontiers à Nice ou à Monte-Carlo. Il y avait de tout, dans cette faune. Des gens bien, mais aussi des parasites, au regard fuyant, prêts à tout pour se faire offrir un verre.

C'était seulement dans leur chambre que les deux époux se retrouvaient seuls. Fenella sentait alors qu'elle pouvait l'atteindre, mais elle était trop fatiguée pour discuter et elle s'endormait dans ses bras sans rien dire.

Pourtant, un matin où il avait reçu une nouvelle lettre d'Écosse, elle prit son courage à deux mains.

— Val, attaqua-t-elle, tu vas partir pour trois ou quatre semaines. Laisse-moi trouver du travail...

— Nous en reparlerons, répondit-il évasivement, une fois de plus.

Fenella ne supportait pas cette façon de vivre. Elle avait l'impression qu'ils flottaient à la dérive, sans même chercher à savoir où ils arriveraient. Si seulement Val avait eu les mêmes sentiments qu'elle pour Heimra... Mais ce n'était pas le cas, et elle devait cesser d'y penser continuellement.

Val ne lui avait pas montré la lettre, et elle se demandait si Andrew les priait de revenir. Mais, après tout, il devait être plutôt content, et peut-être Adam Mac Kail aussi, de la tournure que prenaient les événements! N'avait-il pas toujours voulu Heimra pour lui tout seul?

Fenella avait le cœur brisé en pensant à la vie utile et digne qu'ils auraient menée là-bas.

Val prit la mer une journée plus tôt que prévu.

— Souhaite-moi bonne chance, dit-il à Fenella en l'embrassant. J'en ai besoin!

Fenella frissonna.

— Pourquoi dis-tu cela?

— On a toujours besoin de chance, fit-il d'un ton léger. C'est peut-être le début d'une affaire colossale!

Il la prit par le bras et la mena jusqu'à la jetée.

— Tu verras. Quand ce sera fini, je t'achèterai une villa en bord de mer! promit-il.

— Pas après un seul voyage, rectifia-t-elle, en s'amusant de son enthousiasme.

— Qui parle d'un seul? Je vais en avoir des douzaines! s'écria-t-il en se penchant pour embrasser ses lèvres. Souris-moi! Je serai de retour avant que tu n'aies eu le temps de t'ennuyer de moi...

Il s'en fut sans qu'elle eût pu lui redire son amour. Le « Renard des Mers » s'éloigna, Val debout, faisant des gestes d'adieu, puis disparut à ses yeux.

Fenella se tint un long moment sur la jetée déserte, à regarder l'eau calme de la baie, avant de remonter vers la villa.

Camilla, en robe blanche, agitait un foulard, comme si Val pouvait encore la voir.

— Eh bien, qu'avez-vous l'intention de faire? demanda-t-elle, comme Fenella atteignait la terrasse. Val m'a dit que vous vouliez trouver du travail?

— Oui, j'étais secrétaire, quand j'ai connu Val, expliqua-t-elle.

— Pour cela, il faudrait que vous parliez français parfaitement, décréta Camilla. Mais Georges peut vous aider à trouver quelque chose d'autre. Il connaît absolument tout le monde!

Ce fut la journée la plus longue que Fenella eût jamais connue. Elle essaya de peindre, mais un orage l'obligea à rentrer en courant. Georges était à Nice, Camilla était sa seule compagnie.

L'après-midi n'en finissait pas. Val avait promis de téléphoner à sa première escale, mais aucune sonnerie ne retentissait. Même les amis de Camilla semblaient l'avoir oubliée.

Quand Georges rentra, un peu avant sept heures, l'orage s'était calmé.

— La route était transformée en torrent, dit-il pour expliquer son arrivée tardive. Je n'ai jamais vu une telle pluie!

Fenella se mordit les lèvres.

— La mer est déchaînée! Pensez-vous que...

Georges vint vers elle.

— Ne vous inquiétez pas pour Val. Il a dû se mettre à l'abri.

Camilla tentait de cacher son anxiété; pourtant elle fronça les sourcils.

— Il aurait dû nous téléphoner. Il sait bien que je me fais du mauvais sang...

Quand ils sortirent prendre le café sur la terrasse, après un dîner particulièrement silencieux, le clair de lune luisait doucement sur la baie redevenue sereine.

Vers onze heures, Camilla se mit à marcher nerveusement de long en large.

— Il faut faire quelque chose, Georges. Téléphone à la police.

Georges rentra dans la maison, et elles entendirent sa voix calme s'expliquer longuement. Quand il revint vers elles, son visage était grave.

— J'ai appelé Saint-Tropez. Il n'y est pas.

— As-tu contacté la police?

— Non. Donnons encore une heure à Val. Il a dû s'arrêter quelque part.

— Évidemment, tu t'en fiches! Val n'est pas ton fils! cria Camilla d'une voix haut perchée.

Fenella entoura de son bras les épaules de sa belle-mère.

— Il est sain et sauf, murmura-t-elle. Il faut le croire.

Ils eurent des nouvelles au matin. Le « Renard des Mers » avait été vu juste avant que la tempête n'éclatât. Depuis, il semblait avoir disparu.

Les heures qui suivirent furent atroces.

Les recherches continuèrent durant deux jours entiers. Tous trois s'accrochaient à un faible espoir, pâles, bondissant chaque fois que la sonnerie du téléphone déchirait le silence de la villa. Georges était le seul à garder son sang-froid, mais tous ses soins allaient à Camilla qui était littéralement effondrée. Au bout d'une semaine, ils abandonnèrent tout espoir.

— Je ne peux plus supporter la vue de cette fille! entendit crier Fenella un jour, dans le silence de l'aube. C'est sa femme, et elle n'a pas versé une seule larme.

— Peut-être n'en est-elle pas encore là, répondit Georges doucement. Elle est assommée, comme nous tous!

Fenella était complètement désespérée. Elle avait télégraphié à Heimra, mais n'avait reçu aucune réponse. Après ce qu'elle venait d'entendre, elle ne pouvait plus rester à la villa mais elle ne savait absolument pas où aller.

En fin d'après-midi, elle regardait la mer si calme qui gardait le secret de la disparition de Val, lorsqu'elle vit approcher une voiture. Elle entendit la voix de Camilla et celle d'un homme et pensa que c'était la police. Son cœur se mit à battre d'un fol espoir, et elle traversa la terrasse en courant.

— Fenella doit être par là, entendit-elle. Si vous voulez me suivre, monsieur Mac Kail...

Fenella resta interdite. Pendant quelques secondes, elle eut peine à croire qu'Andrew était vraiment là.

Il était toujours aussi imposant. La jeune femme le regarda sans mot dire. Il lui sembla soudain qu'une charge trop lourde pour ses épaules venait de lui être retirée. Heimra ne l'avait pas abandonnée!

Andrew lui prit les mains dans les siennes.

— Nous avons reçu votre télégramme. Grand-père a tenu à ce que je vienne immédiatement.

Il était venu par sens du devoir, et envoyé par Adam Mac Kail, mais quelle importance, puisqu'il était enfin là?

— Nous ne savons toujours rien, dit-elle faiblement.

Il la guida vers le siège le plus proche.

— Je sais. Je suis passé au poste de police. Il semble qu'ils aient fait tout ce qui était en leur pouvoir.

Le visage d'Andrew était plus dur que jamais. Fenella y lut de l'animosité et se raidit imperceptiblement.

— Val est mort, articula-t-elle d'une toute petite voix. Il a eu tort de ne pas chercher un abri, mais il ne l'a pas fait délibérément. Si cela vous a fait faire tout ce chemin contre votre gré, Andrew, j'en suis désolée. Je ne vous ai pas demandé de venir.

— Fenella, ma chère enfant, intervint Camilla, vous êtes bouleversée. Ne faites pas attention, monsieur Mac Kail. Elle a, comme nous tous, passé des heures épouvantables. Malheureusement, elle ne sait pas s'extérioriser, et c'est pire encore. Elle aimait tant Val!

— Je comprends parfaitement, fit-il brusquement.

50

Fenella sentait qu'il compatissait, bien qu'il gardât cette attitude réservée, distante.

— Vous dites que vous êtes allé à la police? questionna Camilla. Qu'espérez-vous pouvoir faire que nous n'ayons déjà tenté?

Andrew hésita.

— Pas grand-chose, fit-il avec un coup d'œil en direction de Fenella. Je pensais pouvoir les aider.

Camilla alluma une cigarette de ses doigts tremblants.

— Que pourriez-vous savoir de plus que nous sur Val? Tout a été si vite! Un stupide accident... Les orages, en Méditerranée, éclatent brusquement, sans avertissement. Le ciel qui était beau se couvre, pluie et vent se déchaînent, ravageant tout. Et puis, le calme revient aussi vite. La mer peut être aussi dure qu'elle est clémente.

Elle semblait parler uniquement pour meubler le silence. Andrew attendit qu'elle eût fini pour dire :

— Pourrais-je parler à Fenella — seul?

— Certainement, fit Camilla avec un sourire forcé.

Andrew la regarda sortir et referma la porte derrière elle. Fenella bondit sur ses pieds.

— Qu'avez-vous donc à me dire que Camilla ne puisse entendre? Après tout, c'est sa maison!

— Justement, avez-vous décidé de rester? lui lança-t-il de l'autre bout de la pièce.

— Non, je ne peux pas, avoua-t-elle. Camilla et Georges ont leur vie à eux.

— Et vous?

— Je ne sais pas. Je... je trouverai bien, Andrew. Seulement, je n'ai pas encore eu le temps d'y penser. Il va falloir que je réorganise ma vie. Je rentrerai probablement en Angleterre. Il faut que je recommence...

— Comme si vous n'aviez jamais été une Mac Kail? insinua-t-il. C'est ce que vous voulez, Fenella?

Fenella rencontra son regard, animé d'une soudaine

passion, qui pouvait être de la colère, ou le simple reflet de sa propre ambition.

— J'ai été une Mac Kail si peu de temps...

Il posa ses fortes mains sur les épaules de la jeune femme.

— Et si je vous disais que ça n'a pas d'importance? C'est pour vous ramener à Heimra que je suis venu. Et je sais que vous le désirez.

— Le grand-père de Val? demanda-t-elle d'une voix brisée. C'est lui qui veut que je rentre en Écosse?

— Il le souhaite, en effet, acquiesça-t-il en la lâchant. Mais il sait que vous n'avez pas encore l'esprit bien clair. Il veut que vous preniez votre temps avant de vous décider.

Elle le regarda droit dans les yeux.

— Je suis décidée, Andrew. Je ne peux pas rester ici.

— Il ne faut pas que ce soit seulement par désir de vous échapper...

— Mais non! J'ai toujours aimé Heimra. J'aurais voulu ne jamais la quitter.

— Val vous a-t-il dit pourquoi il ne reviendrait pas?

— Pourquoi? demanda-t-elle, à cent lieues de comprendre sa question posée sur un ton de profond mépris. Il... Il préférait vivre sa vie, et l'on ne peut l'en blâmer! Val n'était pas fait pour la vie d'Heimra, et je crois qu'il le savait depuis le début. Il a essayé, vraiment, mais il se sentait prisonnier. C'était trop... limité pour lui.

— Et vous aimiez déjà Heimra? Ce n'est pas par sentimentalisme, Fenella, vous en êtes sûre? Parce que sinon, vous partez du mauvais pied, cela ne durera pas. Heimra est une maîtresse exigeante. Il vous faudra payer tout ce qu'elle vous donne. Pensez-y, avant de prendre une décision définitive.

S'il essayait de se débarrasser d'elle, elle n'avait pas l'intention de l'écouter. Un éclair de détermination passa dans son regard doré.

— C'est tout réfléchi, déclara-t-elle. Je rentre à la

maison. C'est bien cela, n'est-ce pas? Après tout, j'appartiens à Heimra autant que vous! Vous êtes le nouvel héritier, mais je suis la femme de Val, et son grand-père me réclame. Il faut que je le revoie, tout dépend de cette rencontre. Mais je crois qu'il m'aime bien, et moi, je l'admire profondément. Il me donne ma chance, et je crois qu'il connaît mes sentiments.

Andrew se dirigea vers le bord de la terrasse.

— C'est de là que le bateau est parti? demanda-t-il avec un geste vers la jetée. Cela vous ennuierait-il que nous allions faire un tour par là?

C'était assez bizarre, étant donné qu'Andrew n'avait jamais aimé Val.

— Camilla va se demander où nous sommes passés.

— Je suis sûr qu'elle comprendra, répondit-il.

Quelle pouvait bien être la raison qui le poussait à explorer la baie?

— C'est plutôt isolé, remarqua-t-il en arrivant en bas. Y a-t-il un hangar à bateaux?

— Un vieux, taillé dans le roc, juste là.

Elle attendit qu'il eût fini son inspection, assise sur le bord de la jetée. Son cœur battait très fort, comme si elle craignait qu'un nouveau danger ne sortît de cette grotte taillée dans la falaise.

— Camilla sera plutôt heureuse de votre départ, déclara Andrew quand il fut revenu près d'elle.

— Oui, je le sais. C'est Val qu'elle voulait, pas moi. Je ne suis plus maintenant qu'un souvenir vivant. Camilla ne pourra pas oublier tant que je serai là.

— Dans combien de temps serez-vous prête à partir?

— Je peux faire le voyage de mon côté, proposa-t-elle, pensant lui faire plaisir.

— Si vous n'avez pas de raison de rester, nous pouvons partir demain matin, répondit-il, négligeant son intervention.

— Je ne voudrais pas vexer Camilla...

— Vous l'ennuieriez bien plus en restant! J'ai laissé

nos coordonnées à la police. De toute façon, le domicile officiel de Val était en Écosse.

— Mais il avait l'intention de s'installer ici, d'y travailler...

— Eh bien, il ne l'a pas fait, coupa sèchement Andrew. Allons annoncer votre départ à Camilla.

Celle-ci eut du mal à cacher son soulagement.

— Vous allez terriblement nous manquer, à Georges et à moi, mon chou! se crut-elle obligée de dire.

En la remerciant, Fenella pensait qu'elle allait regretter Georges, sa gentillesse, sa compréhension, sa force de caractère.

— Peut-être nous rencontrerons-nous, si vous venez en Angleterre?

— Certainement pas, si vous habitez à Heimra. C'est à des kilomètres de tout. J'espère que vous savez ce que vous faites...

— Fenella fera ce qu'elle voudra. Elle sera libre de s'en aller si elle change d'avis. Heimra n'est pas une prison! répliqua Andrew.

— Pour certains, si! Par exemple, Val et son père, lança Camilla.

Andrew la fixa avec un léger sourire.

— Ils s'en sont allés de leur côté, rappela-t-il.

— ... et cela vous a plutôt arrangé, rétorqua Camilla. Vous voilà l'héritier, vous vous en sortez bien! D'ailleurs, cela vous va à merveille. N'y a-t-il pas une légende idiote au sujet d'un loup? Le loup d'Heimra, oui, c'est ça! Est-ce qu'il ne revient pas, de temps en temps, récupérer ce qui lui appartient?

— Protéger son bien, rectifia Andrew, imperturbable. Je me demande pourquoi vous détestez si fort Heimra?

— Parce qu'on ne peut jamais s'en débarrasser! cria farouchement Camilla. Où que nous allions, James était suivi par une ombre. Il était hanté par cette île ensorcelée, et je le savais. Et pourtant, il n'y est pas retourné après notre divorce. Ç'avait été la principale cause de notre séparation. James était déchiré entre son sens du devoir et son amour pour moi. Il était malgré tout fondamentalement un Mac Kail et il a dû mourir profondément malheureux.

Georges entra, immédiatement conscient de la tension qui régnait dans la pièce. Il serra la main d'Andrew et lui offrit à boire.

— Je suis content pour Fenella, dit-il. Elle avait besoin de rentrer à la maison. Mais vous resterez bien quelques jours?

Andrew jeta un coup d'œil à Fenella.

— Andrew voudrait rentrer aussi tôt que possible, répondit-elle pour lui. Nous pensions partir demain matin.

— Comme vous voudrez, mon amie, acquiesça Georges.

Camilla suivit Fenella dans le hall.

— Tout cela va si vite... J'ai l'impression que vous êtes forcée de partir.

— Par Andrew? Ce voyage à deux ne doit pas lui plaire plus qu'à moi!

— Vous ne l'aimez pas, dit Camilla, le regard aigu. C'est normal, mais ne lui montrez pas trop. Il pourrait vous faire du mal, si le vieil homme mourait, ou si lui-même se mariait.

— Qui? Andrew? s'exclama Fen.

— Est-ce une idée tellement stupide? demanda Camilla en souriant. Il est jeune et il veut assurer sa descendance. Le Loup d'Heimra protège son bien... C'est ce qu'il suggérait tout à l'heure, non?

Fenella eut l'impression que tout devenait sombre autour d'elle.

— Je ne sais pas. Cette histoire de loup est insensée.

— Absolument, convint Camilla. N'en parlons plus. Je vous envoie Yvette pour vous aider à faire vos valises.

Fenella n'avait pas grand-chose à emporter. Elle vida

systématiquement ses tiroirs un par un. Des larmes l'aveuglaient. C'était donc la fin de son amour? Son mariage avec Val avait été si bref qu'il lui semblait à peine réel. Bizarrement, les jours qui restaient les plus vivants dans son souvenir étaient ceux qu'ils avaient passés ensemble à Heimra. Et maintenant, c'était cette même île qui la réclamait.

Mais pourquoi? Qu'avait-elle à donner en échange d'un toit et de la chaude affection d'un vieillard?

Rien, pensa-t-elle. Rien du tout. Et puis, c'était aussi l'île d'Andrew...

Plus tard, après le dîner, elle laissa Georges et son hôte fumer un cigare sur la terrasse et se réfugia dans sa chambre. Elle éteignit les lumières et s'accouda au petit balcon qui donnait sur la baie.

— Oh, Val, fit-elle tout bas. Que s'est-il passé? Pourquoi tout s'est-il terminé si vite?

Ils s'étaient disputés, ils s'étaient embrassés, puis ils avaient recommencé. Bien sûr, ils n'avaient pas toujours eu les mêmes opinions, mais Val avait été un compagnon merveilleux!

Debout dans l'ombre, elle crut entendre éclater son rire dans le silence de la nuit.

5

Fenella quitta la villa Lutetia le lendemain matin. Georges et Andrew avaient parlé ensemble tard dans la nuit. La jeune femme avait entendu le murmure de leurs voix dehors, sur la terrasse, bien après s'être mise au lit, et elle s'était endormie en se demandant ce qu'ils pouvaient bien avoir à se dire...

Georges les conduisit à l'aéroport. Le soleil de la Riviera était chaud, même à cette heure matinale. Nice s'étendait, blanche et immobile, au bord de la mer. Tandis que l'avion s'élevait dans les airs, Fenella n'eut pas le courage de regarder en dessous d'elle la Méditerranée.

Andrew réduisit leur conversation à l'essentiel. Il s'était occupé des bagages et avait installé confortablement la jeune femme dans son siège, près du hublot. Ensuite, il s'était absorbé dans la lecture des journaux français. Il semblait avoir oublié son existence.

Fenella en fut contente : cela lui donnait le temps de réfléchir. Elle se persuada qu'elle pourrait toujours revenir sur sa décision. A Londres, par exemple. Elle pouvait aller avec Andrew jusqu'à Londres, et s'en séparer là-bas. Elle n'était absolument pas obligée de retourner à Heimra, maintenant que Val était mort... Cependant, chaque kilomètre qui la rapprochait de son but la rendait de plus en plus sûre que son devoir était de retourner à Heimra. La magie que l'île avait exercée sur elle, cette fascination, avait été balayée par la sombre tragédie, mais elle se sentait encore appelée là-bas. Heimra et Adam Mac Kail attendaient son retour.

Alors, quelle importance si Andrew ne l'aimait pas? Elle jeta un coup d'œil vers lui mais ne put voir son visage. Elle ne voyait que la main qui tenait le journal. Une main forte, bronzée, impitoyable, capable de tenir fermement sa destinée et, avec elle, celle des autres. Elle devait être sans pitié aussi, cette main, quand il s'agissait de la possession d'Heimra.

Le vol sembla interminable à Fenella. Mais ils arrivèrent enfin au-dessus de la Manche, et l'hôtesse apporta les plateaux du déjeuner. Fenella se sentait vaguement nauséeuse. L'odeur même de la nourriture lui donnait mal au cœur. Elle n'avait vraiment pas envie de manger mais elle ne voulait pas faire d'histoires en refusant ce qu'on lui offrait.

— Je n'ai pas très faim, dit-elle pour s'excuser. L'avion ne me réussit pas...

— Il se peut que nous ne prenions pas de repas de sitôt, précisa Andrew. J'aimerais continuer directement, si c'est possible.

Il jeta un coup d'œil à sa montre.

— Il y a une correspondance à une heure. A moins que vous ne teniez à passer une nuit à Londres?

Elle secoua la tête.

— Je sais qu'il vous tarde de rentrer, dit-elle. De toute façon, je n'aurais le temps de contacter personne. Il vaut mieux poursuivre notre route. Je me sens très bien à présent. Ce n'était qu'un malaise passager. C'est seulement mon second voyage en avion.

Elle tenta un faible sourire.

— Je ne suis pas encore habituée...

Il pleuvait sur Londres. Une fine petite pluie d'été qui les obligea à se réfugier dans la salle d'attente des passagers. Ils constatèrent qu'ils avaient une demi-heure de battement avant de décoller pour Renfrew.

C'était maintenant ou jamais. Fenella avait encore à moitié envie de tourner les talons et de s'enfuir.

Et si elle disait à Andrew qu'elle craignait son retour à Heimra? Si elle lui disait qu'elle préférait le rappeler un prochain jour?

— Vous ne regrettez rien?

Il était près d'elle, la regardant avec insistance comme il en avait l'habitude. Le regard de ses yeux gris semblait la pénétrer.

— Vous n'êtes pas en train de changer d'avis, par hasard?

Était-ce ce qu'il espérait?

— Non.

Sa voix était ferme.

— Pourquoi le ferais-je?

— La plupart des femmes s'accordent le droit de changer quand bon leur semble, dit-il avec une légère amertume. J'ignorais que vous étiez l'exception qui confirme la règle...

— Vous avez une bien triste opinion de mes semblables!

— Au contraire, affirma-t-il. Ma mère était une femme forte, qui avait des principes, et je me rappelle parfaitement ma grand-mère. Elle a servi Heimra jusqu'à sa mort. Elle avait soixante-quatorze ans, et rien n'a jamais pu la briser. Pourtant, elle a eu sa part de drames et de déceptions... Elle a perdu ses deux fils. C'est elle qui a élevé les deux enfants. Elle s'est toujours accommodée de sa vie, et je crois que c'était une femme fondamentalement heureuse.

— Comme vous l'admirez!

— Oui. Surtout à cause de ce qu'elle a fait pour Heimra, avoua-t-il. Au début, elle n'aimait pas tellement l'île, je crois. Mais c'était sa place. Elle avait épousé le seigneur, et cela lui suffisait. Elle a appris à aimer chaque pierre, chaque vallon, chaque rocher. C'est elle qui a fait de Garrisdale ce qu'il est.

— Quand est-elle morte?

— Il y a dix ans. Je venais de quitter l'école. C'est à ce moment-là que j'ai su qu'il fallait que je revienne. James ne voulait pas en entendre parler, et mon père était mort à la guerre. Il n'y avait personne d'autre... ou du moins je le croyais.

Son visage avait pris l'expression fermée qu'elle se rappelait si bien, et ils attendirent leurs bagages en silence. Après avoir passé la douane, ils se dirigèrent vers l'avion écossais.

Leurs fauteuils étaient séparés par l'allée centrale. C'était tout ce qu'il avait pu trouver en un délai aussi court, et Fenella était soulagée de ne pas être obligée de faire la conversation.

Le ciel s'éclaircit au-dessus des montagnes, et, quand ils atterrirent à Renfrew, le soleil était radieux. Le voyage en train leur parut long et fatigant, comparé à la rapidité du transport aérien. Mais enfin, ils eurent leurs montagnes en face d'eux, encapuchonnées de brume, et la mer des Hébrides apparut.

Leurs cabines avaient été retenues à bord de la « Vierge d'Heimra », et le capitaine lui-même leur souhaita la bienvenue sur le bateau. Le respect qui transparaissait dans son attitude vis-à-vis d'Andrew déchira le cœur de Fenella. Il savait déjà... Avant même qu'ils ne fussent parvenus à destination, la nouvelle de la mort de Val était connue. Il y avait un nouvel héritier à Heimra et il était de retour — avec la femme de son cousin.

Pour la première fois, elle prenait conscience de ce que sa position avait d'inconfortable. La mort de Val l'avait abasourdie, et elle n'avait pu penser à rien d'autre. L'avenir lui apparaissait soudain à la lumière cruelle du veuvage. Il lui faudrait rassembler toutes ses forces pour arriver à surmonter cette solitude infinie et sans espoir.

Regardant par le hublot de sa cabine, elle vit les monstrueux rochers noirs et pointus qui se découpaient sur le ciel et elle sentit son cœur chavirer. Peut-être avait-elle tort, après tout. Peut-être avait-elle entrepris ce voyage à la légère, sans penser aux conséquences et aux déceptions qu'il risquait de lui apporter...

Elle dormit à poings fermés, bercée par la mer, et fut éveillée au matin par le cri des mouettes. Elle ressentit le même merveilleux sentiment de liberté que lors de sa première arrivée aux Iles. Heimra reposait là, sur la mer silencieuse, jolie petite île sauvage, avec le cône pointu de sa montagne, et les falaises abruptes tombant dans les eaux bleues de l'Atlantique.

Andrew était déjà sur le pont, quand elle sortit de sa cabine. Il s'appuyait à la rambarde, tandis que le bateau naviguait lentement entre les récifs qui gardaient l'entrée de la baie. On voyait déjà le port, avec les petites maisons blanches en demi-cercle, et les fermettes éparses au flanc des collines. Fenella avait envie de tendre les bras vers l'île, dans sa joie du retour. Le cœur rempli de bonheur, elle leva les yeux vers Andrew, mais ne rencontra qu'un visage morne et gris.

— Callum nous attend avec la voiture, dit-il. Je suis désolé, le voyage a été long. Vous devez être fatiguée...

Elle ne se sentait pas lasse le moins du monde. Sa nuit l'avait remise en forme. Bercée par le doux mouvement de la mer, pour la première fois depuis la mort de Val, elle avait eu un sommeil calme. Nulle pensée torturante n'était venue l'assaillir, elle avait oublié le passé comme l'avenir pour sombrer dans une bienfaisante inconscience.

— Nous aurions dû revenir depuis longtemps, Val et moi, dit-elle, exprimant le regret qui la hantait. Si nous l'avions fait...

— Val serait encore en vie... continua Andrew, la

mâchoire serrée. Nous n'avons pas de preuve, pas de preuve absolue de sa mort.

Fenella recula de quelques pas, frappée par cette remarque inattendue. Était-ce donc là ce qu'Andrew craignait? Serait-il dans l'impossibilité de réclamer Heimra tant que la mort de Val n'aurait pas été reconnue officiellement, sans l'ombre d'un doute?

La jeune femme se mit à détester Andrew. Il devenait froid et calculateur, dès qu'il s'agissait de l'avenir d'Heimra. Elle se demanda pourquoi il l'avait ramenée avec lui. Puis elle réalisa qu'il n'avait pas d'autre possibilité. Adam Mac Kail l'avait envoyé en France. Andrew avait dû le faire pour satisfaire son grand-père.

Le trajet jusqu'à Garrisdale lui parut heureusement très court. Pas comme le jour où elle l'avait parcouru aux côtés de Val, épouse comblée et insouciante, dans le vieux landau tiré par les deux chevaux gris. Elle essuya furtivement une larme. Andrew pensait-il aussi au jour du mariage? Elle se tourna vers l'homme qui était aujourd'hui assis près d'elle, mais elle ne put rien déchiffrer sur le dur profil. Andrew regardait droit devant lui tandis qu'ils franchissaient la grille et empruntaient la longue allée qui menait à la maison.

L'ombre était douce et verte sous les sapins. On n'entendait rien, sauf le cri des mouettes au loin, sur les rochers. Pas un mouvement non plus. Rien que leur progression lente vers la maison silencieuse.

Lorsqu'elle revit le manoir, Fenella eut la certitude que c'était bien sa maison, bien que la porte en restât close. On avait dû les voir approcher, mais personne ne semblait pressé de les accueillir. Surtout pas Jane, qui devait pourtant être là.

Andrew sortit de la voiture pour aider Callum à décharger les bagages.

— Entrez à la maison, ordonna-t-il. La porte est sûrement ouverte.

Fenella hésita.

— Je vais vous aider à porter mes valises.

Elle n'avait aucune envie de se risquer seule dans le manoir.

— Callum s'en occupera.

Andrew jeta un coup d'œil sur les fenêtres du premier étage, les sourcils froncés.

— Jane devrait être là. Elle a dû voir le bateau doubler le cap...

Fenella imaginait fort bien que Jane avait vu arriver le bateau sans aucun plaisir. Elle ne voulait pas d'autre femme dans la maison où elle faisait la loi depuis seize ans. Elle avait soigné sa grand-mère pendant sa longue et pénible maladie, et puis, quand celle-ci était morte, elle avait pris sa place. Son pouvoir s'était étendu durant les dix dernières années, et c'était peut-être la première fois qu'elle ne se sentait pas sûre de l'avenir. Aussi peu sûre que Fenella elle-même...

Andrew ouvrit la porte. Le hall était vide et sombre, seulement éclairé par la haute fenêtre au milieu de l'escalier. Toutes les portes du rez-de-chaussée étaient fermées. Aucun signe de bienvenue, pas une fleur, aucune trace de repas préparé pour les réconforter après ce long voyage. Fenella se sentit glacée jusqu'aux os.

— C'est ridicule!

Andrew traversa le hall à grandes enjambées et alla actionner la cloche près de la cheminée. Celle-ci résonna, stridente, dans la maison silencieuse.

Avant même que le battant n'eût repris sa position initiale, Jane apparut, venant du couloir de la cuisine. Elle était plus pâle et plus distante encore que Fenella ne s'en souvenait.

— Vous êtes en avance, fit-elle sans un geste vers eux. Callum a dû conduire comme un fou pour arriver au port à l'heure.

Elle avait sûrement retardé le vieil homme volontaire- ment, en l'envoyant faire quelque course. Probablement pour affirmer son autorité.

— Il nous attendait, répliqua brièvement Andrew.

Il ouvrit la porte du bureau.

— Où est grand-père?

Jane eut un regard vers le haut de l'escalier.

— Ainsi, Callum est arrivé à tenir sa langue... Je lui avais ordonné de ne rien te dire avant que tu ne sois arrivé ici. Grand-père est au lit. Il a eu une attaque. J'ai dû appeler le docteur Mac Kinnon hier. C'est arrivé tout d'un coup, Drew. Tu n'aurais rien pu faire de plus si tu avais été là.

Sa voix s'était adoucie sur les derniers mots, et elle posa sa main sur le bras de son frère en signe de sympathie. Andrew la regarda, comme s'il ne pouvait croire à ce qu'il venait d'entendre.

— Il allait parfaitement bien, quand je suis parti, protesta-t-il en grimpant les escaliers. Il jardinait tranquillement et faisait des plans pour l'automne.

— Ces attaques sont tout à fait inattendues.

La voix de Jane était redevenue froide.

— Il ne faut pas oublier qu'il a plus de quatre-vingts ans. Il n'y a rien d'autre à faire que d'attendre, Drew...

Il se tourna vers elle, comme s'il refusait cette idée d'attente. Puis il gravit les dernières marches de l'escalier deux à deux.

— C'est affreux, dit Fenella. Andrew doit s'en vouloir terriblement de ne pas avoir été là quand on avait besoin de lui.

— Je m'en suis sortie quand même.

Jane se tenait tout près d'elle.

— J'ai l'habitude de vivre ici. Je sais exactement ce qu'il faut faire.

— Est-il gravement atteint?

Fenella avait douloureusement ressenti la nouvelle.

— Je suis désolée d'arriver dans un moment pareil. Si je peux faire quelque chose, Jane, n'hésitez pas à me le dire. Il a été si bon pour moi.

— Il devait penser que c'était son devoir... répondit

Jane sèchement. De même que ce sera le devoir d'Andrew de veiller sur vous jusqu'à sa mort.

— Oh non, protesta Fenella. Ce n'est pas obligatoire. Je ne suis rien pour Andrew; rien du tout. Je suis venue parce que grand-père Mac Kail l'a envoyé me chercher. C'est ce qu'Andrew m'a dit, mais je ne veux pas être une charge. Je vous le promets, Jane. Je pourrais aider à soigner votre grand-père.

Jane lui tourna le dos.

— Ce ne sera pas nécessaire. Une première attaque n'est pas forcément fatale, et il prétend qu'il vivra jusqu'à cent ans.

Il y avait une sorte de ressentiment derrière sa remarque, et Fenella lui en voulut. On sentait que Jane avait de la peine à attendre que l'île appartînt à son frère.

— Si je dors toujours dans la même chambre, je peux m'y rendre toute seule, proposa-t-elle. Surtout, ne vous dérangez pas pour moi, Jane. Je fais partie de la famille.

Son intervention tomba à plat.

— Pour l'instant... grinça Jane entre ses dents. Mais vous n'êtes plus dans la même chambre. Mon grand-père a tenu à ce qu'on vous donne la plus grande, ainsi que le boudoir attenant, dans l'aile ouest. A l'origine, c'était l'appartement nuptial.

Elle avait ajouté ces derniers mots avec l'intention évidente de faire mal.

Fenella essaya vainement de retenir ses larmes en montant le large escalier. Elle était seule. Elle était complètement seule dans cette grande maison, se dirigeant vers la suite nuptiale, sans mari. Jane avait matérialisé la cruelle vérité. Elle n'était pas vraiment des leurs. Elle avait seulement épousé un Mac Kail. Même la façon dont Jane prononçait « mon grand-père » la mettait à l'écart. Ils étaient unis par les liens du sang, et pas elle.

Ce n'était pas la peine de se battre contre Jane, alors

que toutes les cartes maîtresses étaient dans son jeu. Avec Adam Mac Kail cloîtré dans sa chambre, Jane tenait les rênes de la maison

— Voilà vos appartements.

Jane était passée devant et ouvrait la porte massive au bout du couloir ouest.

— Ils n'ont pas été habités depuis la mort de ma mère.

Les deux pièces avaient été préparées avec soin, comme pour un hôte de marque, mais sans aucune touche personnelle. Les serviettes de toilette avaient été sorties, mais pas une fleur ne venait égayer le boudoir, bien que le jardin en regorgeât.

— Merci, Jane.

Fenella tenta de cacher la déception qui l'envahissait.

— Quand Andrew descendra, pensez-vous que je puisse voir M. Mac Kail?

— Cela dépendra de Drew.

Jane se tenait sur le seuil.

— C'est lui qui donne les ordres, maintenant. Vous n'aurez qu'à le lui demander.

C'était un si étrange retour à la maison que Fenella en aurait sangloté. Les larmes lui venaient facilement, à présent. Des larmes nées des profondeurs d'un désespoir nouveau qu'elle avait de plus en plus de mal à combattre. Elle avait placé tous ses espoirs en sa rencontre avec Adam Mac Kail, et voilà qu'elle ne pouvait le voir que si Andrew l'y autorisait.

Callum lui monta ses valises. Il était difficile de s'entretenir avec le vieil homme sans crier, mais il semblait pouvoir assez bien lire sur les lèvres.

— Je vais vous apporter un plateau, dit-il en la regardant avec sympathie. Il faut que vous restiez dans votre chambre pour l'instant. Miss Jane est d'une humeur massacrante.

Il secoua la tête.

— Cela sera un bien triste jour pour Garrisdale, si le

Maître meurt maintenant, ajouta-t-il. Et il y en a pourtant sous ce toit qui le souhaitent...

— Non, Callum! Sûrement pas!

Elle le regardait, consternée, avec de l'incrédulité dans les yeux.

— Il est toujours le seigneur, quoi qu'il soit arrivé. Il peut vivre encore très longtemps...

Elle ne sut jamais s'il l'avait entendue ou pas. Il déposa les valises sans un mot et se dirigea vers la porte.

— Ne vous laissez pas décourager. Ils vont essayer, mais votre vraie place est ici. Vous avez plus à donner à Heimra qu'aucun d'entre eux. Ne vous laissez pas intimider.

Pour la première fois, Fenella remarqua que le vieux domestique n'avait pas les deux yeux de la même couleur. L'un était bleu, et l'autre gris. Cela lui donnait une expression étrange, comme si deux personnalités se cachaient derrière ce curieux regard pénétrant.

— Je ferai de mon mieux, promit-elle, en articulant soigneusement les mots pour qu'il comprît aisément. Je crois que je suis venue pour rester.

— Venue pour rester...

Il répétait les mots lentement tandis qu'il sortait de la chambre.

— Ouais, jeune maîtresse, vous êtes venue pour rester, c'est bien...

Fenella se mit à défaire ses valises, s'interrompant fréquemment pour aller regarder par la fenêtre. Elle donnait sur la pointe de l'île et, au-delà du détroit de Camusskiary, sur Heimra Beag, la petite île sur laquelle elle s'était posé tant de questions.

Quand elle entendit frapper, elle se hâta vers la porte, pensant que c'était Callum. Mais c'était Andrew qui se tenait sur le seuil, un plateau dans les mains.

— Il paraît qu'il était trop tard pour le petit déjeuner, et trop tôt pour le grand...

Il eut un bref sourire en passant devant elle.

— Jane a ses habitudes, et personne ne les lui fera jamais changer. Elle est très peu aidée, dans la maison, mis à part Callum.

— J'aurais pu descendre, dit Fenella avec un regard au plateau soigneusement garni. Il ne faut pas que Jane se dérange pour moi. J'aurais pris quelque chose dans la cuisine.

— J'ai décidé de vous laisser tranquille une journée! fit-il en déposant le plateau sur la table. Mon grand-père veut vous voir.

— Oh!

Elle se tourna vers la porte, le regard brillant de plaisir et de soulagement.

— Quand vous aurez fini de manger, ajouta-t-il avec fermeté.

Elle s'attabla devant le repas.

— Comment va-t-il, Andrew? demanda-t-elle. Il ne lui reste aucune séquelle de sa maladie?

— Cela reste à voir.

Il enfonça ses poings serrés dans les poches de sa veste.

— Le docteur Mac Kinnon revient cet après-midi. Il fait pour l'instant sa tournée dans l'île et il restera si c'est nécessaire.

Elle le regarda, mais son visage était indéchiffrable.

— Il est dans sa propre chambre, je pense?

— Oui.

Il fit un pas vers la porte.

— La chambre du Seigneur.

S'y voyait-il déjà? Fenella répugnait à penser qu'il attendait la mort du vieillard. Et pourtant, elle ne pouvait ignorer qu'il y avait de la dureté chez Andrew. Il voulait ardemment Heimra, et son grand-père était le seul obstacle entre lui et son désir le plus cher.

Elle se hâta de terminer son repas et se dirigea vers l'aile est de la maison. Elle frappa à la porte.

— Entrez.

Jane se tenait au milieu de la pièce, comme si elle attendait sa visite.

— Je vous demanderai de ne pas rester trop longtemps, dit-elle froidement. Le docteur Mac Kinnon tient à ce que son patient ait autant de repos que possible.

Fenella regarda derrière Jane. Le vieil homme qui gisait sur le grand lit à colonnes n'était plus que l'ombre de lui-même. Sa peau ressemblait à du parchemin, et ses longues mains reposaient sur la courtepointe. Il essayait de parler.

Fenella se précipita vers lui, oubliant Jane, oubliant tout, sauf le fait qu'il avait été bon et généreux avec elle. La main gauche du malade tremblait, et le vif regard bleu cherchait le visage de la jeune femme.

— Comment allez-vous, grand-père? Je ne m'attendais pas à vous retrouver ainsi!

— N... Non.

Il avait du mal à articuler, et elle lui prit la main. Les doigts fins se refermèrent sur les siens avec force.

— Reste, fit-il dans un effort surhumain. Heimra... a besoin... de toi.

Jane était toujours là, vaquant en arrière-plan, pliant et empilant du linge et des serviettes de toilette. Il était difficile de savoir si elle avait entendu ou non. Fenella se pencha pour déposer un baiser sur le front du vieil homme.

— Je resterai, promit-elle avec simplicité. Aussi longtemps que vous aurez besoin de moi.

Jane avait forcément entendu ce serment, mais Fenella ne s'en souciait pas. Lorsqu'elle se retourna, la jeune fille avait disparu sans bruit et refermé la porte derrière elle.

— Le docteur Mac Kinnon va revenir vous voir dans l'après-midi, dit-elle revenant au malade. Vous serez bientôt sur pieds. Il y a tant à faire...

Il acquiesça de la tête, ses yeux brillants posés sur elle avec insistance. Ses lèvres remuaient, et elle se pencha davantage pour tenter d'entendre ce qu'il disait. D'abord, elle ne comprit rien. Il émettait des sons embrouillés et inarticulés. Puis un mot se détacha plus clairement. C'était le nom du mari de Fenella. Voulait-il savoir comment Val était mort?

— C'était un accident, expliqua-t-elle. Il a pris un yacht pour faire un voyage, et la tempête s'est levée. Cela a été si brusque...

Sa voix se mit à trembler.

— On n'a rien retrouvé, à part un gilet de sauvetage. C'est affreux! Nous ne saurons jamais exactement ce qui est arrivé.

Il y avait une grande compassion dans les yeux clairs d'Adam Mac Kail, mais il semblait avoir autre chose d'important à lui confier. Pourtant, l'effort était trop grand pour lui, et il retomba, impuissant, sur ses oreillers. Puis il se redressa faiblement, essayant de nouveau, impatienté par sa propre incapacité à s'exprimer. Il paraissait répéter sans cesse le même mot.

— Il s'agit d'Heimra? interrogea Fenella.

Il secoua la tête avec impatience.

— Donny...

— Vous voulez que je trouve quelqu'un du nom de Donny?

Il fronça les sourcils et remua la tête de droite à gauche, avec une supplication dans le regard.

— Attention à Donny...

— C'est assez pour aujourd'hui, Fenella!

Andrew se tenait sur le seuil et la regardait.

— Il s'épuise à essayer de vous parler...

Fenella se détourna du lit, les tempes battantes.

— Vous ne m'aviez pas interdit de venir, dit-elle. Je suis désolée si je suis restée trop longtemps...

Leurs regards se croisèrent.

— Il vaut mieux que les gens très malades comme mon grand-père soient confiés à des mains profession-nelles. Je ne sais pas ce qu'il essayait vainement de vous communiquer à l'instant mais je crois que vous ne gagneriez rien à insister pour l'apprendre.

Elle était intimement persuadée qu'il mentait, et qu'il savait parfaitement ce qu'Adam Mac Kail voulait lui confier. Mais elle était incapable d'affronter ce regard d'acier et de se mesurer à lui. Il continua de la regarder fixement jusqu'à ce qu'elle baissât les yeux et se dirigeât vers la porte.

— Pourrai-je revenir? demanda-t-elle. Quand il ira un peu mieux...

— Certainement.

Il la suivit hors de la chambre.

— Nous allons demander une infirmière pour s'occuper de lui. Le docteur Mac Kinnon a promis de nous procurer une garde de nuit. Mais, dans la journée, il n'y a que Jane.

— J'aimerais beaucoup le faire, dit-elle avec empressement.

Elle se sentait enfin utile à quelque chose. Elle ferait ainsi partie intégrante de la famille, grâce au besoin qu'un vieil homme aurait de sa présence.

— Jane a suffisamment de travail pour faire marcher la maison.

La réflexion de Fenella parut amuser Andrew.

Être la maîtresse de Garrisdale n'est pas vraiment une corvée, quand il s'agit de Jane. Elle aurait pu se marier, mais elle a choisi Heimra. C'est toute sa vie.

— Une vie bien solitaire, remarqua Fenella.

Il se retourna vers elle, en haut de l'escalier.

— C'est vraiment votre opinion? questionna-t-il. Vous ne seriez donc pas restée longtemps ici, quelles que soient les circonstances?

Il lui rappelait délibérément son deuil cruel, suggérant qu'elle avait toujours son libre arbitre, comme du temps de Val.

— Je viens de promettre à votre grand-père que je resterais, dit-elle avec un geste du menton plein de défi.

Et j'ai l'intention de tenir ma parole. Il a besoin de nous tous, Andrew, pour l'instant. Il ne peut pas parler, il ne peut pas nous dire ce qu'il désire, mais cela reviendra. J'en suis absolument sûre.

— Espérons que vous dites vrai... Mais une seule personne douée de seconde vue suffit à Heimra...

— Vous parlez de Callum?

— Oui.

Il eut un petit sourire en coin.

— Quand un sens vous manque, un autre le remplace. C'est bien ce que dit le proverbe, n'est-ce pas?

Callum est sourd, mais il a le don de double vue.

— Et Donny...?

Andrew fit volte-face, le visage défiguré par la colère.

— Si j'étais vous, je ne penserais plus à Donny Isbister.

L'avertissement semblait contenir une menace.

— Il ne tient plus le moindre rôle sur l'île.

— Mais auparavant?

Elle n'aurait pu dire ce qui la poussait à insister, mais il lui semblait important de poursuivre la conversation.

— Était-ce un de vos employés?

— Un employé de mon grand-père, rectifia-t-il. Il était contremaître de la distillerie.

Elle sentait, sans avoir besoin de le demander, qu'Andrew avait dû le renvoyer pour une raison ou pour une autre. Mais elle savait aussi qu'il n'accepterait jamais d'en discuter avec elle.

— Je vais faire un tour sur la falaise, dit-elle. A moins que je ne puisse aider Jane.

Elle avait atteint le palier intermédiaire de l'escalier, lorsqu'elle aperçut une silhouette qui s'attardait dans le hall. C'était Jane, qui faisait semblant d'épousseter les meubles, mais il était évident qu'elle n'avait pas perdu un mot de leur conversation.

— Ce n'est pas la peine de vous enfermer à cause de moi, dit-elle avec aigreur, sans même essayer de se

72

dissimuler. Je me débrouillais très bien avant votre arrivée à Garrisdale. Je pense que je m'en sortirai encore pendant que vous serez là...

Cette dernière phrase sous-entendait que ce n'était pas pour longtemps. Elles s'observèrent un instant en silence, dans une atmosphère glaciale et menaçante.

Fenella fut la première à parler.

— Jane, j'aimerais tant que nous soyons amies. Ne serait-ce que pour grand-père....

Jane s'approcha d'elle.

— C'est un mot qui vous plaît, n'est-ce pas? Grand-père par ci, grand-père par là... Il n'est pas difficile de vous percer à jour. Maintenant que vous n'avez plus légalement aucun droit sur Heimra, vous essayez de séduire le vieux. Mais ce n'est même pas la peine d'y penser! Tout appartient à mon frère, à présent... ou, en tout cas, il n'y en a pas pour longtemps. Il y a dix ans qu'il y travaille, cela lui revient de droit.

Fenella tenta un dernier effort vers la bonne entente.

— Si nous essayions de ne pas nous heurter sans arrêt? plaida-t-elle. Nous sommes une seule et même famille. Heimra est bien assez grande pour nous tous...

Jane recula.

— C'est ce que vous souhaitez, mais cela ne se passera pas ainsi. Andrew ne veut pas d'autre femme à Garrisdale. Une lui a suffi.

— Une...?

— Il a été fiancé. Cela aurait dû être un mariage comme le vôtre, dans la petite église au pied du torrent. Mais Margot a changé d'avis au dernier moment. Drew n'avait pas assez d'argent, en ce temps-là, voyez-vous. Elle aurait préféré une vie large plutôt que des espérances de prospérité à venir. C'était une fille très gaie, elle aimait sortir, et Édimbourg lui semblait le paradis sur terre. Drew ne s'en est pas aperçu tout de suite, et je ne suis même pas sûre qu'il l'admettrait maintenant. Il a oublié Margot, je présume, mais pas l'expérience qu'elle lui a apportée. Rien ne lui importe plus qu'Heimra.

Et cela vous convient parfaitement, pensa Fenella, le cœur retourné. Elle avait deux ennemis de poids. Elle ne pouvait envisager qu'Andrew n'eût pas autant de ressentiment que sa sœur à son endroit.

Elle alla se promener sur la falaise. Puis elle s'assit sur l'herbe rêche et contempla la mer. Elle venait de se heurter à une nouvelle raison pour n'être jamais acceptée à Garrisdale, aussi douloureuse et pénible que les autres.

Son regard s'était posé par inadvertance sur un bateau, mais elle ne le voyait pas vraiment. Brusquement, elle réalisa qu'il venait d'Heimra Beag et qu'il se dirigeait droit sur la petite crique qui se trouvait juste en dessous d'elle. On ne pouvait pas la voir, du haut de son promontoire, et elle observa l'homme qui mettait pied à terre, et tirait l'embarcation sur la plage. C'était un gros bateau, qui ressemblait à ceux qu'on utilisait pour la pêche à la ligne. L'homme l'avait mené à la rame depuis la petite île.

Il se dirigea rapidement vers le pied de la falaise, disparaissant aux regards de Fenella. La jeune femme s'étendit sur le dos dans l'herbe odorante. L'heure était au rêve, à la réflexion intime. Elle croisa les mains sous sa tête et admira les images mouvantes que dessinaient les nuages au-dessus d'elle, dans l'azur du ciel. Chacune de ses respirations l'emplissait d'une joie secrète.

Soudain, une pierre bougea près de sa main, et dévala la falaise abrupte. Fenella se releva sur ses coudes, inquiète. Un visage barbu lui faisait face. Il avait une expression rusée, des traits aigus et des yeux étroits. Les mains qui s'agrippaient à l'herbe du sommet de la falaise étaient rudes et velues.

Fenella sauta sur ses pieds.

— Qui êtes-vous? demanda-t-elle en tirant sur sa jupe.

74

— On m'appelle Isbister.

Il se hissa dans l'herbe.

— Donny Isbister. J'étais parti pêcher, mais je n'ai pas pris grand-chose. Juste quelques maquereaux et une ou deux morues. Il faut des filets, par ici, si vous voulez attraper du beau poisson...

Elle s'abstint de discuter sur ce sujet.

— J'allais partir...

Fenella se sentait presque obligée d'expliquer sa présence à ce rustre.

— Il est au moins une heure...

— Il n'est sûrement pas plus de moins le quart. Vous avez tout le temps...

Il s'approcha d'elle, la dévisageant avec insolence.

— Vous êtes la nouvelle femme... Madame Mac Kail de Garrisdale. Est-ce que cela vous plaît?

Fenella supporta avec fermeté son sourire trop familier.

— Tout à fait, merci, fit-elle sèchement. Mais vous devriez savoir que je ne suis plus la maîtresse de Garrisdale.

— Peut-être bien que vous aimeriez le redevenir.

Il lui jeta un regard sournois.

— Une seconde chance, hein? Il faut bien que le Loup d'Heimra se marie, s'il veut se reproduire et continuer sa lignée. Andrew Mac Kail épousera la femme qui lui conviendra. Il est assez calculateur pour cela, je peux vous l'assurer.

— Je vais vous quitter...

Elle se redressa de toute sa hauteur.

— Êtes-vous sûr d'avoir la permission d'accoster ici?

Il éclata d'un gros rire.

— De quelle autorisation aurais-je besoin? demanda-t-il. Andrew Mac Kail n'osera jamais faire quoi que ce soit contre moi.

Fenella tourna les talons, et se mit à marcher rapidement sur l'étroit chemin qui longeait dangereusement la falaise. Inexplicablement, elle avait envie de courir, pour mettre autant de distance que possible entre elle et l'étranger. Elle se retourna et le vit qui la suivait, lentement.

Alors, elle se mit pour de bon à courir. Elle quitta le sentier et se précipita à travers la lande, dans la direction de Garrisdale. Ses pieds s'enfonçaient dans les fondrières du marais, mais elle continuait à avancer. Une étrange panique aveugle la poussait en avant, et elle courait encore quand elle arriva au manoir. La tête lui faisait mal, et le soleil l'avait aveuglée. Elle se précipita dans les bras d'Andrew Mac Kail.

— Eh bien! Que se passe-t-il? demanda-t-il d'un ton bourru.

Elle ne put lui répondre. Elle s'accrocha à lui, tandis que le monde semblait basculer devant elle, et qu'un brouillard gris obscurcissait sa vue. Elle se sentit soulevée de terre et portée par deux bras vigoureux jusqu'à la fraîcheur reposante du hall.

6

Fenella revint lentement à elle. Un petit homme à la courte barbe rousse était penché sur elle et la regardait attentivement de ses yeux bleus.

— Maintenant, c'est fini, madame Mac Kail. Il n'est plus question que vous alliez courir sur la lande! Dans votre état, c'est un véritable suicide...

La jeune femme leva les yeux sur le docteur Mac Kinnon, qui lui parut très loin.

— Saviez-vous que vous attendiez un bébé? demanda-t-il.

— Je n'étais pas sûre...

A présent, elle savait. Ce n'était que la confirmation de ce qu'elle avait à la fois espéré et redouté ces dernières semaines. Elle n'avait pas partagé ce merveilleux secret avec Val, attendant d'en être certaine. Et maintenant, il était trop tard; c'était Andrew qui se tenait à ses côtés, une fois de plus dépossédé de son héritage.

Celui-ci sortit de la pièce sans dire un mot. C'était la seule chose à laquelle il n'eût pas pensé. Et voilà que le destin venait de se moquer de lui pour la seconde fois!

— Votre grand-père va être heureux, se réjouit le bon docteur. Cela va l'aider à se remettre sur pied. Voulez-vous lui annoncer la bonne nouvelle vous-même ou préférez-vous que je le fasse?

Fenella posa les pieds par terre. Elle était encore faible, mais son mal de tête était passé.

— J'aimerais le lui dire moi-même, si cela ne vous ennuie pas. Nous sommes très bons amis.

— Pour l'instant, il dort. Mais ne gardez pas votre secret trop longtemps.

Il lui tapota affectueusement l'épaule.

— Vous êtes en bonne santé. Tout ira bien. Je passerai vous voir de temps en temps, pendant mes tournées. A présent, il faut que je m'en aille.

Fenella demeura seule. Elle se demandait quelle allait être l'attitude d'Andrew. Le docteur avait paru se réjouir franchement de l'heureux événement, mais lui avait gardé un silence glacial en face de leur joie. La jeune femme était partagée entre le bonheur et la tristesse. Elle désirait cet enfant plus que tout au monde, mais cette naissance ne ferait qu'envenimer la situation à Garrisdale.

Soudain, la pensée d'Adam Mac Kail lui redonna du courage. Lui au moins serait fier de cette naissance, qui éclairait ses dernières années.

Et si le docteur s'était trompé?... Elle repoussa bien vite cette idée. L'enfant était là, elle le sentait, ce lien qui l'attachait à Heimra pour toujours.

Repoussant énergiquement le souvenir de Val et de la tragédie, elle passa l'heure suivante dans un nuage de bonheur. Il faudrait que le bébé naquît sur l'île, pour que son premier regard fût pour la beauté des Hébrides. Ce serait un matin de mars, fougueux et puissant!

Riant elle-même de ses rêves, elle partit à la recherche de Jane. L'heure du déjeuner était passée depuis longtemps, et l'emploi du temps précis de sa cousine avait dû être complètement bouleversé par son aventure dans la lande. Pourtant, elle se sentait affamée!

La cuisine était vide. La vaisselle du déjeuner avait été faite. La porte donnant sur le potager était ouverte, mais on n'y voyait personne.

Fenella dénicha un reste de tourte à la viande, et de délicieuses framboises fraîchement cueillies.

Elle achevait de se restaurer avec un bel appétit quand une présence la poussa à se retourner. Jane était sur le seuil, avec un panier dans lequel elle avait récolté les légumes du dîner. Derrière elle se tenait une petite femme menue, vêtue de gris.

— C'est Morag, fit Jane en posant son cabas. Je vois que vous vous êtes servie. Peut-être n'êtiez-vous pas si malade que ça? Les hommes sont toujours très attendris par une femme qui se trouve mal. Mais pas Andrew! Il a horreur des mauviettes!

Fenella serra les lèvres. Impulsivement, elle avait failli annoncer la nouvelle à Jane, mais maintenant, devant tant de méchanceté, elle était muette.

— Eh bien, Morag! Ne restez pas plantée comme ça! Allez donc dormir, puisque vous veillez la nuit. Je vous ai installée dans la petite chambre qui est à côté de celle de M. Mac Kail. Surtout, ne le dérangez pas.

— Ne vous inquiétez pas, répondit calmement Morag avec cette dignité qui est l'apanage des vrais Celtes. Ce n'est pas la première fois que je m'occupe de lui, et je m'en acquitterai le mieux possible.

Elle sortit lentement, tandis que Fenella se préparait à laver la vaisselle dont elle s'était servie.

— Laissez cela, ordonna Jane. Andrew n'aimerait pas vous voir occupée aux travaux ménagers...

— Pour si peu, protesta Fenella, je peux bien le faire!

Andrew avait-il parlé du bébé à sa sœur? Fenella ne le pensait pas.

— Je préfère m'occuper de tout moi-même. C'est la seule façon pour que les choses tournent rond.

— Je suis désolée, s'excusa Fenella. Je n'aurais jamais dû m'asseoir au soleil, ni courir pour rentrer...

— Surtout que vous aviez le temps... Je vous ai vue de ma fenêtre, quand vous étiez sur la falaise.

Fenella se demanda si elle avait également vu Donny Isbister.

— J'ai rencontré Donny Isbister, fit-elle pour meubler le silence. Vous le connaissez, bien sûr.

Jane se raidit. Tout le sang parut se retirer de son visage, et ses yeux n'étaient plus que deux points d'acier.

— Que savez-vous sur lui? Il n'a aucun droit de se trouver ici. Andrew l'a renvoyé de la distillerie, il y a plusieurs semaines. Il devrait avoir quitté l'île. Que vous a-t-il dit?

— Rien, avoua Fenella. Rien d'important. En fait, je ne l'aime pas. Il a l'air très insolent.

Jane rougit violemment.

— Il était pourtant assez ami avec votre mari!

— Val? s'étonna Fenella. Il ne m'en a jamais parlé!

— Ils travaillaient ensemble à la distillerie. Votre mari se liait facilement, vous le savez bien.

— Où habite-t-il?

— A ma connaissance, il vit toujours au village.

— Il n'est pas marié?

— Pourquoi le serait-il? demanda Jane d'un ton pincé. On dirait à vous entendre que les gens qui ne sont pas mariés à trente ans sont atteints d'une tare...

— J'aimerais voir grand-père, dit fermement Fenella, changeant délibérément de conversation. Puis-je monter? Le docteur Mac Kinnon était d'accord.

— Faites comme vous voulez. S'il est fatigué, nous saurons pourquoi...

Décidément, elle ne pouvait jamais être aimable, pensa Fenella. C'est comme si elle en voulait à la terre entière. Pourtant, sa place n'était contestée ni au manoir, ni dans le village, où elle jouissait d'une notoriété certaine. Finalement, Jane se faisait sans le savoir du mal à elle-même. Elle était sa pire ennemie!

Morag sortait de la chambre du malade.

— Il est réveillé, Maîtresse, annonça-t-elle avec respect. Il vous attend.

— Merci, Morag. J'aimerais vous aider à le veiller, mais j'aurai besoin de vos conseils, si vous voulez bien.

Morag hocha la tête. Fenella avait gagné son affection.

Fenella alla sans hésiter au chevet d'Adam Mac Kail. Il était moins pâle et lui désigna des yeux la chaise que Morag venait de quitter.

— Assieds-toi, articula-t-il très distinctement.

— Vous allez mieux, dit-elle, en prenant spontanément sa main. Écoutez, grand-père, j'ai une nouvelle à vous annoncer... Je... je vais avoir un bébé, un enfant de Val. J'ai voulu vous le dire tout de suite.

Elle avait parlé d'une voix douce et timide. Les doigts du vieillard se refermèrent sur les siens.

— Un... héritier direct... prononça-t-il lentement, toute la joie du monde concentrée dans son regard.

Pour toute réponse, Fenella déposa un baiser sur la joue parcheminée.

Il la regarda longtemps, sans rien dire, gardant sa main dans les siennes, un air de bonheur illuminant son visage. Morag apporta le thé, et, presque tout de suite après, il s'endormit.

— Vous lui avez fait du bien. Son sommeil est calme et serein. Il y a de la force et de la vie en lui!

Fenella sentit monter en elle une bouffée d'affection pour Morag. C'était une femme des îles, simple et droite, loyale envers son maître.

Fenella se dirigea vers l'escalier.

— C'est faux!... Ce n'est pas possible...

La voix surexcitée de Jane monta jusqu'à elle.

— Il ne peut y avoir aucun doute, Jane. Mac Kinnon ne se trompe jamais.

La jeune femme descendit lentement l'escalier, mue par une sorte de courage désespéré, refusant la fuite. Elle devait se battre et vaincre leur hostilité. Andrew l'aperçut et se dirigea vers elle.

— J'ai annoncé la nouvelle à Jane. J'espère que cela ne vous ennuie pas.

Ce fut un moment que Fenella ne pourrait jamais oublier. Jane avait attisé le feu et tenait encore le tisonnier. C'était une lourde pièce de fer et de cuivre, qu'elle brandissait comme une arme ; les jointures de ses doigts blanchissaient tant elle la serrait. Elle était d'une pâleur de cire, et ses yeux lançaient des éclairs.

— Vous n'avez pas le droit ! hurla-t-elle. Cet enfant n'est rien, ici. Son père et le père de son père étaient des renégats. Ils n'avaient aucun sens du devoir. Votre fils sera pareil ! Heimra en a assez souffert...

Andrew lui arracha le tisonnier des mains.

— Domine-toi, Jane ! Ça ne mène à rien. Fenella n'est pour rien dans tout cela, elle est innocente.

Jane le regarda avec haine.

— Tu la défends ! cria-t-elle. Quel hypocrite !

Andrew reposa le pique-feu, tandis que les bûches s'enflammaient d'un seul coup, éclairant son visage. Il était blême, et ses lèvres remuaient dans son effort pour se contrôler. Il se tourna vers Fenella.

— Désolé de tout cela. Jane vous fera ses excuses. Je suis content pour vous, Fenella, au sujet du bébé.

Mais pas pour lui... Fenella était au bord des larmes. Était-il vrai qu'Andrew fût capable de faire n'importe quoi pour Heimra ? S'était-il réjoui de la mort de Val ? Elle combattait cette idée de toutes ses forces, sachant pourtant que, si l'enfant était un garçon, Andrew se trouverait de nouveau relégué à la seconde place.

Que ferait-il alors ? Quitterait-il Heimra ? Il trouverait facilement du travail ailleurs, mais ce n'était pas la même chose. Il faisait partie intégrante d'Heimra, comme Adam Mac Kail.

En outre, elle se demandait comment l'île pourrait survivre sans lui. Son grand-père lui avait remis les rênes entre les mains, ces deux dernières années. Il lui avait fait confiance, et Andrew ne le trahirait certainement sous aucun prétexte.

Profondément humiliée, Jane s'enfuit. Elle travailla tout l'après-midi dans la fureur, houspillant Callum, claquant les portes, faisant résonner la maison entière de sa rage.

Andrew annonça qu'il ne rentrerait peut-être pas dîner.

— Si vous avez besoin de moi, je serai à la distillerie.

Fenella, Jane et Morag dînèrent ensemble, servies par Callum, dont les vieilles mains tremblaient.

— Callum n'est vraiment d'aucune utilité, éclata Jane, quand il eut quitté la pièce. S'il ne tenait qu'à moi, il ne resterait pas cinq minutes de plus au manoir.

— Dieu merci, ce n'est pas le cas! rétorqua Morag. Callum a toujours bien servi la maison. Il est honnête et loyal; et il ne quittera pas Garrisdale tant que le vieux Maître sera en vie.

— Cela ne saurait durer longtemps! s'exclama Jane.

Incapable de supporter davantage cette atmosphère, Fenella se retira dans sa chambre.

Il était un peu plus de huit heures, et le soleil se couchait, enflammant les crêtes d'Heimra Beag. La mer était calme, et la jeune femme avait besoin de cette paix pour porter son enfant. Elle aurait aimé pouvoir le dire à Andrew.

Elle l'aperçut tout à coup, au pied de la falaise. Sa haute silhouette se découpait sur la mer, et il scrutait l'horizon. Il lui sembla alors tout à fait inaccessible, trop lointain pour qu'elle pût se confier à lui...

Fenella n'entendit pas rentrer Andrew. Il avait dû passer toute la nuit dehors, dans l'amertume et la solitude.

7

Le lendemain matin, Morag et Fenella prenaient leur seconde tasse de café, lorsqu'Andrew entra.

— Comment grand-père a-t-il dormi, Morag?

— Comme un enfant! Il n'a pas bougé de la nuit.

Andrew s'assit à la place du vieil homme, et entama son assiette de porridge.

— J'aimerais descendre à la distillerie, un de ces jours, risqua Fenella. Si vous avez un peu de temps à me consacrer pour me la faire visiter.

Il leva les yeux, visiblement étonné.

— Vous pouvez y aller quand vous voulez. John Nichol y est toujours. Il vous expliquera tout.

Il n'avait pas l'intention de l'accompagner lui-même, et elle fut blessée de cette rebuffade.

— Merci! fut tout ce qu'elle trouva à dire. J'irai probablement cet après-midi.

— En ce cas, évitez la falaise. Elle est dangereuse.

— Quel dommage! C'est beaucoup plus long par la route.

— Mais beaucoup plus sûr, insista-t-il. Un jour, il faudra que je m'occupe de ce chemin...

Morag monta s'occuper du malade, et Fenella débarrassa la table.

— J'irai voir grand-père dès que j'aurai rangé.

— Callum va s'en occuper, intervint Andrew. Si vous faites son travail, il se sentira inutile.

— Je suis désolée, fit la jeune femme en rougissant. Je ne suis décidément bonne à rien! Jane a refusé mon aide, hier.

— Elle est ici depuis trop longtemps. Cela devient une obsession. Vous donnez votre vie sans restriction, et même sans vous en rendre compte.

— Vous êtes passionné d'Heimra!

— Qui ne le serait pas? s'écria-t-il avec force.

— Qu'allez-vous faire? ne put-elle s'empêcher de demander. Vous ne pouvez pas nous abandonner... si quelque chose arrivait à votre grand-père. Je n'y arriverais pas toute seule, Andrew.

Il regarda par la fenêtre. La baie s'étendait, paisible sous le soleil du matin.

— C'est un problème qu'il faudra envisager, un jour ou l'autre. En attendant, grand-père est toujours le Maître. Il n'est pas question que je l'abandonne en ce moment. Quand il ira mieux, ce sera autre chose....

— Je vois...

Elle ne pouvait pas s'attendre à une autre réponse. C'était trop demander.

— Je suis tellement inexpérimentée...

— Vous apprendrez. Il vous suffira d'avoir du courage et de la patience, conclut-il.

Il sortit et se dirigea vers le village par le chemin de la falaise contre lequel il l'avait mise en garde. Elle le suivit des yeux. Elle avait fait appel à lui, et il l'avait repoussée.

Elle se dirigea vers l'escalier, espérant trouver un peu de chaleur et de réconfort auprès du vieillard. Mais Jane l'avait précédée et lui dit d'un ton froid :

— Il est sous sédatif. Ce n'est pas la peine de rester. Morag l'entendra s'il se réveille.

Elle se tenait résolument entre la porte et le lit.

— Puis-je le voir, juste un moment? implora Fenella. Je ne le dérangerai pas.

— Une minute seulement, fit Jane en se retirant à contrecœur. Mais il est complètement inconscient.

Fenella sentit un grand froid l'envahir.

— Est-il plus mal? balbutia-t-elle.

— Il est plus faible, mais cela ne veut pas dire que c'est la fin.

Fenella s'approcha du lit. Le vieil homme était complètement immobile. La lumière caressait sa chevelure blanche, la ligne de son profil et ses joues creuses. Les yeux de Fenella s'emplirent de larmes. Elle avait besoin de la confiance qu'Adam Mac Kail avait en elle, pour pouvoir affronter les prochains mois.

— Vous perdez votre temps, fit Jane sèchement. On ne peut rien faire qu'attendre.

Fenella passa une partie de la matinée à ranger sa chambre. Puis elle sortit prendre l'air. Mais les souvenirs de son mariage lui revinrent douloureusement en mémoire. Elle avait aimé Val, tendrement et passionnément. Leurs disputes ne comptaient pas. Même au sujet d'Heimra. Elle lui trouvait des excuses et se demandait même si elle avait eu raison de revenir. Pourtant, elle devait trouver la force de vaincre la jalousie, la haine, pour le bien de son enfant.

La jeune femme déjeuna seule. Callum l'informa que Jane ne rentrerait que pour dîner, et qu'il ne fallait pas déranger le malade.

— A-t-il pris ses médicaments?

— Miss Jane ne veut pas qu'on le réveille, même pour cela. Mais, puisqu'elle est partie...

— Oui, Callum. Je vais y aller.

Elle avait entendu les instructions du docteur. Elle s'étonna d'entendre Callum lui affirmer que Jane n'avait pas donné les pilules à son grand-père.

Le vieil homme était réveillé quand elle entra. Elle lui soutint la tête pour l'aider à boire le lait qu'elle avait apporté. Il tenta un pathétique sourire de remerciement, avant de lui montrer du regard une commode, en face de lui.

— Voulez-vous quelque chose? demanda Fenella.

Elle alla à la commode, et en désigna les tiroirs l'un après l'autre, jusqu'à ce qu'il acquiesçât. Il était fermé, mais elle trouva la clé dans une boîte. A l'intérieur se trouvait un écrin de cuir, qu'il lui demanda d'ouvrir. Elle obéit, les doigts tremblants. Il contenait le plus magnifique collier de perles qu'elle eût jamais vu.

— C'est une pure merveille, s'extasia-t-elle.

— Pour... toi...

— Oh, non! Je ne peux pas accepter, grand-père. Il a beaucoup trop de valeur. C'est pour Jane!

— Non, fit-il les sourcils froncés. Pour toi.

Elle se rendit compte que sa résistance le fatiguait et allait agrafer le bijou autour de son cou, quand un bruit la fit sursauter. Andrew se tenait sur le seuil.

— Je vais vous expliquer, balbutia-t-elle. Plus tard. Je vous en prie, ne le contrariez pas. Il... Il veut me le donner.

Andrew s'empara de l'écrin. Fenella ne l'avait jamais vu aussi en colère. Il attendait visiblement qu'elle s'en allât, et gardait l'écrin dans l'intention de récupérer le collier plus tard. Eh bien, qu'il le garde! pensa Fenella hors d'elle.

Elle prit le plateau et se précipita hors de la chambre. Elle se heurta à Callum, qui montait la garde à la porte de son maître. Il cligna les yeux à la vue des perles.

— Les larmes d'Heimra, dit-il. C'est ainsi qu'on les appelle. Elles sont à vous, maintenant, et j'espère qu'elles ne vous apporteront que de la joie.

— Merci, Callum.

Elle attendit Andrew dans le hall.

Il lui tendit brutalement l'écrin.

— Vous en aurez besoin.

— Andrew, je n'ai rien demandé! Votre grand-père

m'a offert ces perles, et je n'ai pas cru devoir le contrarier pour si peu.

— Si peu? Vous avez une fortune autour du cou!...

— J'ignorais... protesta-t-elle en rougissant.

— Je vous crois. Encore que vous ayez dû avoir une certaine notion de leur valeur.

— Bien sûr, fit-elle fièrement. Les larmes d'Heimra ne peuvent être des imitations!

— Qui vous en a parlé?

— Callum.

— Encore la superstition des Iles! Aussi déraisonnable que les autres croyances. Elles font partie de la poésie de cette région.

— Parfois, on se demande si ces choses ne sont pas réelles, à Heimra. C'est une île pleine d'ensorcellements, et je l'aime...

— Les perles sont à vous, dit-il. J'espère qu'elles vous porteront chance.

Fenella tenta de retirer le collier, mais le fermoir était coincé. Elle décida donc de le garder jusqu'au retour de Jane. Mais celle-ci rentra plus tôt que prévu... Elle ne pouvait pas ne pas voir les perles.

— Qui vous a donné cela? Andrew?

— Non, fit Fenella en portant la main à son cou.

— Qui alors?

— Votre grand-père.

Jane avança d'un pas.

— Il vous les a données? articula-t-elle, en s'étranglant de colère. Mais elles sont à moi! Personne ne les a portées depuis ma mère. Et encore, seulement dans les grandes occasions. Il n'avait pas le droit de vous les donner, à vous qui partirez le jour où cela vous plaira, comme votre mari! Il n'était pas digne de porter le nom des Mac Kail. Vous ferez comme lui, vous tirerez tout ce que vous pourrez d'Heimra et vous partirez!

Elle saisit le collier, qui se brisa net. Les perles roulèrent, et Jane se mit à genoux pour les ramasser.

— Ne restez pas comme ça! Aidez-moi donc!

Morag arriva en courant.

— Que se passe-t-il? Vous avez perdu quelque chose?

— Quelques perles, coupa Jane.

— Les larmes! s'exclama Morag. C'est vous qui avez cassé le collier, Miss Jane, et les perles sont perdues pour vous! Vous allez contre le désir de quelqu'un que vous aimez, et il va vous chasser de sa vie pour de bon! Mais pas avant que vous n'ayez réparé le mal que vous avez fait, à lui et aux autres.

Sa voix s'éteignit doucement, comme si elle était arrivée à la fin d'un rêve étrange.

— Vieille folle, grommela Jane. Veillez à toutes les ramasser, et puis donnez-les à Mme Mac Kail.

Fenella fut bien obligée de parler de l'incident à Andrew. Elle lui raconta que le fermoir s'était cassé, et ajouta qu'il faudrait faire renfiler les perles.

— Vous devrez trouver une excuse vis-à-vis de grand-père, s'il ne les voit pas à votre cou.

— Je lui dirai la vérité.

— Vous lui direz exactement ce que vous m'avez dit, rectifia-t-il.

— Mais il s'est vraiment cassé, protesta-t-elle.

— Pas tout seul...

Fenella regarda Andrew bien droit dans les yeux.

— Non. Mais quelle importance?

— Cela en a. Quand Jane est-elle rentrée?

— Il y a une heure, répondit-elle en rougissant. Ne lui en veuillez pas, Andrew. C'était un accident.

Le jeune homme serra les mâchoires.

— Je vais faire envoyer les perles à Édimbourg.

Fenella monta chercher un lainage. Quand elle redescendit, Andrew attisait le feu.

— Vous n'êtes pas allée à la distillerie? fit-il.

— Non. J'ai eu peur de déranger.

— Quelqu'un de Garrisdale est toujours le bienvenu. Il faudra vous mettre au courant, si vous restez, Fenella.

— J'en ai bien l'intention, répondit-elle fermement.

Après le dîner, qui se déroula dans un silence pénible, Fenella, mue par une crainte inexplicable, se dirigea vers la chambre d'Adam Mac Kail. La porte était entrouverte, et Morag somnolait au chevet du vieillard qui semblait reposer paisiblement. Rassurée, la jeune femme enfila un manteau et sortit.

Malgré la mise en garde d'Andrew, elle alla sur la falaise admirer les derniers rayons du soleil couchant. Le ciel était clair, il n'y avait qu'un seul petit nuage rose à l'horizon, dont elle suivit, enchantée, les transformations. Voilà qu'on aurait dit un bateau, tandis qu'il se dirigeait vers elle. Un grand vaisseau, toutes voiles dehors, qui arrivait de la mer des Hébrides. Il était hallucinant de vérité...

— Je vous avais défendu de venir ici, fit brusquement une voix derrière elle. C'est dangereux.

— Je n'ai pas quitté le sentier. C'est tellement beau, Andrew! Regardez ce nuage, on dirait le bateau des Vikings...

Il se tint près d'elle en silence quelques instants.

— J'aimais cela aussi, quand j'étais enfant...

— Mais plus maintenant?

— Non, fit-il sèchement en se détournant. Et n'en parlez pas à Morag, elle y verrait un signe de mort.

Ils se dirigèrent ensemble vers la maison. Dans la lumière du hall, leurs regards se croisèrent.

— Vous croyez que...

— Je crois que ce n'était réellement qu'un nuage. Ne vous laissez pas prendre à ces vieilles légendes...

Le Seigneur d'Heimra mourut juste avant minuit.

8

Fenella fut étonnée d'apprendre que les Mac Kail
étaient enterrés à Heimra Beag. Il y avait eu une église,
jadis, et le caveau de famille s'y trouvait toujours.

Les hommes seuls accompagnèrent Adam Mac Kail à
sa dernière demeure. Ils mirent le cercueil dans un
bateau de pêche, et traversèrent le détroit à la rame.

C'est du sommet de la falaise que Fenella et Morag
adressèrent leur adieu au vieil homme. Elles voyaient
Andrew assis parmi les autres. La musique déchirante
du joueur de cornemuse qui se tenait à la proue leur
arrivait, portée par le vent.

— J'ai peur... dit Morag. Rien ne sera plus jamais
pareil. N'était-ce pas le Loup qu'on entendait hurler, la
nuit où le Maître est mort?

— Le chagrin vous égare, Morag, protesta Fenella.

Morag se redressa avec cette dignité que la jeune
femme avait déjà remarquée.

— Je l'ai entendu de mes propres oreilles. Un loup
hurlait, cette nuit-là. C'était aussi net que le son de la
cornemuse en ce moment!

— Mais les loups n'existent plus, s'insurgea Fenella.

— Le Loup d'Heimra, si! insista gravement Morag.
Je ne suis pas la seule à l'avoir entendu.

Fenella renonça à la contredire une nouvelle fois. Elle
était sûre qu'il existait une explication à ce phénomène
étrange.

— Rentrons, Morag. Resterez-vous quelque temps?

Depuis la mort d'Adam Mac Kail, Fenella se sentait plus seule que jamais.

— J'aurai besoin de vous, à la naissance du bébé.

— Je me demandais quand vous m'en parleriez... Monsieur Andrew ne quittera pas l'île avant de savoir. Je suppose qu'il est le maître du domaine jusqu'à ce que le nouvel héritier arrive.

La position de Fenella était très inconfortable. Elle n'était que la veuve de Norval, et la future mère d'un éventuel garçon. Quelle que fût la façon d'envisager les choses, Andrew ne pouvait être que son ennemi. Il avait assez dit qu'il voulait Heimra. Et voilà qu'il allait continuer à travailler, avec la perspective d'être peut-être obligé de s'en aller dans six mois.

Ce fut seulement lorsqu'elles furent presque arrivées au manoir qu'elles aperçurent l'autre bateau. Il s'éloignait, et Jane agitait la main dans sa direction. Donny Isbister n'était pas allé aux funérailles du vieux châtelain.

— Le connaissez-vous, Morag? demanda Fenella.

— Pour sûr! répondit-elle les lèvres pincées. Il est arrivé sur l'île, il doit y avoir environ trois ans. Il est rapidement devenu contremaître à la distillerie. Ça, il faut reconnaître qu'il est capable! Et, en plus, il sait se débrouiller. Il avait littéralement ensorcelé le vieux Maître; il venait souvent à la maison, à cette époque-là. On dit que c'était pour Mlle Jane, mais qu'elle ne voulait pas de lui. Et puis le châtelain n'a plus voulu le recevoir. Mais je ne saurais vous dire pourquoi. Il avait la réputation de boire beaucoup, et de devenir mauvais, quand il était ivre.

— Il ne travaille plus à la distillerie, n'est-ce pas?

— Non; de l'argent a disparu, et il a été renvoyé. Il l'aurait été de toutes façons. Il était trop agressif.

Si Jane avait eu une conversation avec Isbister, elle avait curieusement choisi son moment!

Quoi qu'il en soit, lorsqu'elles atteignirent la terrasse, elle avait disparu.

Fenella se réfugia dans sa chambre jusqu'au retour d'Andrew. Lorsqu'elle descendit, Jane était dans le hall, vêtue d'une robe noire qui accentuait le cerne bistre sous ses yeux.

— Et maintenant, demanda-t-elle, plongeant dans le vif du sujet. Qu'allons-nous faire, Andrew?

— Tout est en ordre, Jane. Tout continue comme par le passé.

— Ce qui veut dire que tu restes.

— Oui, répondit Andrew. Je l'ai promis à grand-père.

— Et tu vas continuer à trimer pour Heimra, jusqu'à ce que... cet enfant grandisse? Tu es complètement fou!

— C'est mon problème. Tu n'es pas obligée d'en faire autant. Tu es libre...

— Libre de m'en aller? Pour aller où?

— Pour te marier, peut-être...

— Maintenant? fit-elle avec un rire sec. Non merci, Andrew. J'ai compris. Sans doute grand-père avait-il raison, il m'a empêchée de faire une bêtise. Je ne veux plus de Donny Isbister, à présent.

Le visage de son frère s'assombrit.

— Ne parlons plus de cette vieille histoire, Jane. Il s'agit de l'avenir. Si tu veux t'en aller, nous nous débrouillerons sans toi. Fenella reste, c'est le plus important. Elle a le droit d'être à Garrisdale.

— Simplement parce qu'elle s'est mariée...

Jane s'étranglait de colère.

— D'accord, reste, Andrew. Tu verras où cela te mènera. Heimra t'a déjà trahi une fois... Mais je ne t'abandonnerai pas. Je serai là si tu as besoin de moi.

Elle sortit, laissant derrière elle un silence profond. Andrew se détourna de la cheminée, et Fenella vit enfin son visage. Il était ravagé et hagard, comme si les événements de cette journée avaient été trop lourds pour lui.

— Andrew, je vous en prie, n'essayez pas à tout prix de me protéger. C'est trop dur! Je n'ai encore aucun droit sur Heimra. Si vous voulez que je m'en aille, j'irai vivre ailleurs, à Édimbourg, par exemple. Sans moi, vous auriez hérité automatiquement...

Il ne répondit pas, mais ne se détourna pas non plus. Il la regardait, torturé.

— Ce n'est pas aussi simple que ça! Tant que la mort de Val n'est pas officielle, il n'est pas question d'héritage ni pour moi ni pour personne!

Fenella recula, frappée par sa remarque.

— Les recherches continuent, poursuivit-il d'un ton plus doux. On n'a jamais retrouvé le bateau. Il n'y a aucune preuve formelle de sa mort, Fenella. Il a seulement disparu. L'enquête va durer encore long-temps.

— Ce n'est pas possible, murmura Fenella. Il n'a pas pu s'enfuir, il n'y a pas de raison! Vous pensez qu'il se cache? Mais il ne m'aurait jamais fait une chose pareille... bien qu'il ne soit pas au courant pour le bébé.

Elle ne voulait pas de sa sympathie ni de sa pitié. Elle devait défendre Val. Le défendre contre Andrew.

— Vous ne comprenez pas. Il était têtu, et impulsif, mais il m'aimait. Nous nous sommes mariés parce que nous nous aimions!

— Et vous l'aimez encore... Je ne peux pas vous en dire plus, Fenella, mais vous devez rester ici jusqu'à ce que nous soyons sûrs.

— Qui paye ces recherches, Andrew? Vous?

— La police française fait son travail, mais j'ai mis des détectives privés sur l'affaire.

Il essayait d'accélérer les choses, pour mettre fin à son incertitude. Si Val était bien mort, et si son enfant était une fille, Heimra serait à lui. Il jouait son avenir, et soudain, Fenella sentit qu'elle le haïssait.

— Quoi qu'il arrive, dit-elle aussi calmement qu'elle le put, je peux me débrouiller toute seule. Je n'ai besoin ni de votre aide ni de votre argent pour prouver que Val ne m'a pas lâchement abandonnée, comme vous l'en accusez!

— Fenella...

Sur le point d'atteindre la porte, elle fit volte-face.

— Ne parlons plus de cela, cria-t-elle. Tout ira vite. Nous n'avons qu'à attendre le bébé et essayer de vivre côte à côte tant bien que mal.

Il la rejoignit.

— Il faut que j'aille à Glasgow, dit-il. Je suis le principal exécuteur testamentaire de grand-père, et il y a des choses à régler pour la distillerie. Aimeriez-vous venir?

— Merveilleux! répondit-elle, heureuse à l'idée de pouvoir faire des achats pour la venue du bébé.

Les jours suivants, Fenella se prépara avec joie à ce voyage. Elle faisait la liste de ce dont elle avait besoin. Le peu d'argent dont elle disposait ne gâchait en rien sa joie. Elle ne pensait qu'à l'enfant.

Le jour du départ, elle attendit Andrew dans le hall, vêtue du même tailleur que pour son voyage de noce. Son beau-frère la regarda longuement avant de dire :

— Fenella, vous devez avoir besoin d'argent.

— Non! l'interrompit-elle. Je n'en veux pas. J'avais quelques économies et je n'ai pas tout dépensé. Vous m'avez prise en charge depuis Nice.

— C'est ainsi que grand-père le souhaitait. Il se sentait responsable de vous.

— Et maintenant, c'est vous? Je suis désolée...

— Il n'est pas question de ça, coupa-t-il, en regardant le chèque qu'il avait fait pour elle. Grand-père s'en était occupé avant.

Les yeux de Fenella s'emplirent de larmes.

— Pourquoi était-il si bon avec moi?

Andrew glissa le chèque dans son sac à main.

— Il m'a dit un jour que vous étiez ce qui pouvait arriver de mieux à Heimra.

Fenella était trop émue pour répondre. Elle ne pouvait s'empêcher d'admirer la loyauté avec laquelle Andrew tenait la promesse faite à un mourant de s'occuper d'elle.

Jane descendit lentement l'escalier, dans un tailleur de tweed, une petite valise à la main.

— Je viens avec vous, déclara-t-elle. J'ai à faire à Glasgow.

Fenella tenta de cacher sa déception. Jane était bien la dernière personne avec qui elle avait envie de voyager !

— Morag se débrouillera bien toute seule pour trois jours, ajouta-t-elle en enfilant ses gants de peau.

— Allons-y, dit Andrew. Le bateau n'attendra pas.

Curieusement, Jane n'avait pas le pied marin. Elle passa la traversée dans sa cabine, sans rien accepter.

— Laissez-moi seule, gémit-elle quand Fenella vint la voir. Ça ira mieux dans le train...

Andrew, sur le pont, montra chaque île à Fenella.

— Regardez celle-ci ! s'écria la jeune femme. Elle ressemble à Heimra Beag. Est-elle parfois visitée ?

— Heimra Beag ? En principe, non.

— Morag affirme qu'elle a entendu le Loup, ne put-elle s'empêcher de dire.

— Quand ?

— La nuit précédant la mort de votre grand-père, répondit-elle, confuse de n'avoir pas tenu sa langue.

— C'est tout ce qu'elle a dit ? demanda-t-il gravement.

— Elle prétend l'avoir entendu deux fois.

— Au même moment ?

— Quelques jours avant, je suppose. C'était très faible, car le vent portait du mauvais côté.

— Le vent... Me croirez-vous si je vous dis que c'est

là la véritable explication du Loup? Quand la tempête souffle du nord, le vent s'engouffre entre deux rochers, nommés la « cheminée du diable » par les paysans.

Il y avait plusieurs jours qu'elle n'avait pas pensé au Loup, et elle accepta volontiers son explication. Ils se promenèrent sur le pont, respirant à pleins poumons. Sans Jane, ils se sentaient heureux et libres. Andrew était un agréable compagnon. Il lui expliqua le charme de la navigation, et la joie profonde qu'il y avait à vaincre une mer déchaînée.

Il lui offrit sa main pour l'aider à descendre l'étroit escalier des cabines. Elle sentit la chaude et ferme pression de ses doigts sur les siens.

Une fois au Central Hôtel de Glasgow, Andrew dit à Jane :

— Je vais à Bearsden. Tu viens?

— Je n'aime pas beaucoup les Lawrence, répondit-elle.

— Tu aurais pourtant pu être Mme Henry Lawrence, poursuivit-il, légèrement amusé. Leur situation n'est pas à dédaigner!

— Mais Henry Lawrence l'est!... Quand rencontres-tu Mac Cleary?

— Demain matin. Il faudrait que tu y sois. Il va certainement ouvrir le testament.

— Je viendrai, promit Jane. A quelle heure?

— Dix heures. Vous nous accompagnerez, Fenella?

— Il n'y a aucune raison pour qu'elle vienne, intervint Jane. Ça m'étonnerait qu'elle ait grand-chose!

— N'en attends pas trop, Jane. Grand-père n'était pas particulièrement riche.

— Mais la propriété, la distillerie, protesta sa sœur.

— Il y a les droits de succession...

— Tu es bien circonscpect!... Ou bien y aurait-il autre chose? Le chèque que Donny Isbister est accusé d'avoir falsifié était-il plus important?

97

— N'en parlons plus, Jane. Donny a reconnu les faits, c'est terminé.

— Et on a fait le silence. Pas de poursuites, pas de scandale. Cela aurait rejailli sur le nom des Mac Kail, n'est-ce pas? Le nom sans reproche! Ne me fais pas rire... Les Mac Kail, il n'y a pas si longtemps, ont été des pirates, qui ravageaient tout sur leur passage. Le Loup d'Heimra, par exemple, c'est bien ainsi qu'il a mérité son nom!

Andrew se tourna vers Fenella, ignorant Jane.

— Si vous êtes prête, je vous appelle un taxi. Prenez-en un aussi au retour. J'ai retenu une table pour ce soir au restaurant. J'ai pensé que les Lawrence aimeraient se joindre à nous, ajouta-t-il à l'intention de sa sœur.

Celle-ci haussa les épaules.

— Comme tu voudras.

Fenella passa deux heures fort agréables, à faire ses courses. Elle fit livrer les gros achats, et ne garda avec elle qu'un paquet de laine blanche comme si c'était un porte-bonheur.

Andrew était dans le salon lorsqu'elle rentra à l'hôtel. Elle le trouva beau et distingué, encore qu'elle n'eût pas l'habitude de le voir en costume civil. Il portait habituellement le kilt avec beaucoup de naturel.

— C'est tout ce que vous avez acheté, demanda-t-il avec un sourire en voyant son petit paquet. Je pensais que vous alliez dévaliser les magasins!

Il semblait d'excellente humeur.

— Attendez de voir ce qui va arriver! répondit-elle en riant. Il y en a un plein camion...

— Tant mieux, si vous avez trouvé ce que vous vouliez... Je serai ravi que vous fassiez la connaissance des Lawrence. Ils seront là vers sept heures.

Fenella était intimidée à l'idée de les rencontrer. C'étaient de vieux amis de la famille, dont ils étaient en même temps les avoués. Henry était le plus jeune associé du cabinet, et quand Fenella le vit, elle se demanda ce qui avait bien pu pousser Jane à lui préférer un Donny Isbister! Il était charmant. Son seul défaut était d'être nettement plus petit que Jane.

— Bonjour, fit celle-ci en lui serrant la main. Comment ça va, à Bearsden?

— Toujours pareil! Mais il y a des années que tu n'es pas venue!

— Nous ne sortons pas souvent d'Heimra, fit Jane.

Andrew prit fermement Fenella par le bras.

— Celia, dit-il à la frêle jeune fille brune qui se tenait près d'Henry, voici la femme de Val, Fenella.

Le frère et la sœur lui serrèrent la main. La jeune fille avait un charme discret, et de grands yeux bruns qui s'attardaient sur Andrew. Elle n'arrêta pas de le questionner sur Heimra.

— Et si tu venais passer quelque temps à Garrisdale? Tu jugerais par toi-même, proposa-t-il.

Elle répondit d'un sourire.

Henry était très amusant, et Fenella trouva que la soirée passait trop vite. Elle n'avait jamais vu Andrew en société et elle lui trouva l'air beaucoup plus jeune et moins sévère. Ce devait être à cause de Celia. On sentait une chaleureuse affection régner entre eux, scellée par de fréquents regards complices. Le cœur de Fenella se mit à battre plus vite. Serait-ce sa future femme? Il était allé la voir dès son arrivée à Glasgow, et elle-même semblait suspendue à ses lèvres.

Celia vint s'asseoir près d'elle, tandis que les hommes parlaient affaires.

— Nous aurions dû nous rencontrer en juin, mais nous étions en Amérique au moment de votre mariage. Je ne saurais vous dire combien je suis désolée pour Val... Andrew dit qu'on n'est pas encore certain...

— Non, balbutia Fenella. Et c'est peut-être ce qu'il y a de pire... pour nous tous.

Celia jeta un regard rapide à Andrew.

— Ça a dû être un coup terrible... Henry et moi

avons souvent passé nos vacances à Heimra. Nos familles étaient amies depuis toujours, mais il y a trois ans que nous n'y sommes pas allés.

Fenella supposa que c'étaient les années où Andrew était fiancé.

— Avez-vous l'intention de rester? demanda Celia.

— Andrew m'a demandé de ne pas partir avant la naissance du bébé.

— Mais je ne savais pas, dit Celia, étonnée. Ça change tout, non?

— Pour Andrew? Oui. Si l'enfant est une fille, Andrew hérite d'Heimra.

— Bien sûr. Mais que ferez-vous, dans ce cas?

— Cela m'est égal d'avoir une fille ou un garçon, éluda Fenella. Et même...

Celia la regarda, interrogative.

— Oh, rien, poursuivit la jeune femme. J'allais dire que parfois, je souhaite que ce soit une fille.

— Pour Andrew? De toutes façons, vous n'y pouvez rien; il n'y a qu'à attendre.

Attendre! Fenella était angoissée. Tout le monde attendait cette naissance, pour des raisons personnelles.

Les Lawrence se levèrent pour prendre congé.

— Tu ne restes jamais assez longtemps, Drew, dit Henry. Quand nous reverrons-nous?

— J'espère bien que vous viendrez nous rendre visite à Heimra, répondit Andrew, en regardant Celia. Il y fait encore très beau, en septembre.

— Pourquoi pas? Je prendrais bien quelques vacances! s'exclama Henry.

— C'est parfait! Je tâcherai de te laisser un peu de poisson à pêcher!

— Tu as intérêt! A moins que tu ne préfères que je t'aide à la distillerie?

L'expression d'Andrew changea instantanément.

— Sûrement pas! Nous allons être obligés de vendre.

— Ce n'est pas possible, dit Henry. Nous en parlerons demain, Drew.

— Il me tarde d'être à Heimra, fit Celia. Il y a si longtemps...

— Trop longtemps! Ne laisse pas Henry changer d'avis à la dernière minute!

Celia sourit à Andrew.

— Rassure-toi, j'en ai trop envie!

Jane, qui n'avait presque pas participé à la conversation durant la soirée, montrait des signes d'impatience.

— Je monte. Il est plus de onze heures. Bonsoir!

Henry serra avec chaleur la main de Fenella.

— J'ai été très heureux de faire votre connaissance. A bientôt, j'espère.

Ce fut Joseph Mac Cleary qui les reçut le lendemain matin. C'était l'aîné des associés; il ressemblait à Adam Mac Kail, dont il avait été l'ami durant des années.

— Votre grand-père avait laissé des instructions très précises, dit-il à Andrew. Mais, en l'occurrence, nous ne pouvons disposer du domaine entier. Il y a pourtant des points que nous pouvons régler, comme la somme d'argent pour Jane, et la maison de Skiary.

— Mais les Jameson y vivent depuis des années, s'étonna Andrew.

— C'est vrai, acquiesça James Mac Cleary. Mais Flora Jameson a près de quatre-vingt-dix ans. La maison ira à votre cousine, Mme Norval Mac Kail.

Fenella en aurait pleuré. Prévoyant et bon pour elle jusqu'à la fin, Adam Mac Kail lui offrait un toit, où elle pourrait habiter avec son enfant si c'était une fille.

Elle sentait peser sur elle le regard haineux de Jane. Même la somme substantielle qu'Adam Mac Kail lui léguait ne détendit pas son visage.

— La propriété est plus importante pour moi, dit-elle froidement. Cette maison n'aurait jamais dû aller à une étrangère.

Andrew se leva d'un bond. Il était irrité et humilié par l'attitude de sa sœur.

— Il y a le problème de la distillerie, intervint-il. Je me donne encore six mois. Cela devrait suffire. Sinon...

— Vous la remettrez sur pied, Andrew. J'ai confiance.

— S'il reste seul pour le faire... grinça Jane.

Tout le monde pensait à Val. Qu'arriverait-il s'il n'était pas mort? Ils étaient si sûrs d'eux, ces Mac Kail! Surtout Jane.

Fenella se précipita vers la porte, angoissée, prise d'un subit besoin de s'enfuir très loin du frère et de la sœur. Mais Andrew l'avait atteinte avant elle, et la lui tenait ouverte, comme s'il ne voulait pas la retenir contre son gré.

— Je vous écrirai, dit Joseph Mac Cleary. Si vous avez besoin de moi, n'hésitez pas. Nos recherches continuent, bien sûr.

Andrew salua de la tête.

Les recherches concernaient Val; Andrew se refusait toujours à croire qu'un bateau de la taille du « Renard des mers » eût pu disparaître sans laisser de traces.

9

Les Lawrence arrivèrent deux semaines plus tard, par un temps magnifique. La bruyère était encore en fleur, et les hautes fougères étaient dorées au creux des vallons silencieux. Les sorbiers écarlates se penchaient au-dessus des ruisseaux, et les mûriers étaient couverts de baies savoureuses.

Jane avait mobilisé Morag et Callum pour ses traditionnelles confitures. Celia et Fenella les accompagnaient parfois, munies d'un panier et d'une canne. Elles rentraient, les doigts maculés et les bas en lambeaux.

— Je devrais pourtant le savoir, disait Celia en riant. Autrefois, quand nous allions aux mûres, nous mettions des bottes en caoutchouc et des vieux cirés! On ne s'ennuyait jamais, Fenella! Andrew était rentré de l'université, et la vieille Mme Mac Kail nous préparait des pique-niques fabuleux, que nous emportions sur la montagne, ou au village, ou même à Heimra Beag.

— Vous êtes allée à Heimra Beag, Celia?

— Des douzaines de fois! Callum y vivait l'été, vous savez, avant de devenir sourd. Il gardait les moutons, et rentrait à Garrisdale pour l'hiver.

— C'est-à-dire qu'il n'avait pas du tout peur du Loup?

Celia éclata de rire.

— Qui vous a parlé de ça? Vous ne croyez tout de même pas à cette stupide légende?

— Morag y croit... se déroba Fenella.

— Bah! Morag n'est qu'une vieille femme superstitieuse! Vous devriez commencer à la connaître. On dit qu'elle a le don de seconde vue, mais les paysans croient n'importe quoi... Êtes-vous déjà allée à la maison de Skiary?

— Non, mais Andrew m'a promis de m'y emmener.

— Alors, vous ne connaissez pas encore votre « merveilleuse propriété »? Ça nous prendrait à peine plus d'une heure, aller et retour, calcula-t-elle.

Elles déposèrent leurs paniers pour les prendre au retour et remontèrent le cours du ruisseau. La baie de Camusskiary s'étendait derrière elles, superbe avec ses petites maisons blanches le long du rivage, et la perspective d'Heimra Beag, qui semblait toute proche ce jour-là. Les cimes rocheuses n'étaient plus sombres, mais illuminées par le soleil glorieux de septembre.

— Regardez, Celia! s'exclama soudain Fenella. Là, entre les collines! On dirait de la fumée...

D'où elles se trouvaient, elles pouvaient distinguer une petite vallée verdoyante entre les roches de Heimra Beag. C'est de là que s'élevait une spirale de fumée.

— Ça a bien l'air d'en être, opina Celia. Il doit y avoir quelqu'un.

— Andrew dit que l'île est déserte, objecta Fenella.

— Alors, il a tort, apparemment.

Fenella sentit le cœur lui manquer. Quelqu'un se cachait-il là?

— Celia, fit-elle aussi calmement que possible, que savez-vous de Donny Isbister?

— Pas grand-chose. Pourquoi?

— Il est encore sur l'île, bien qu'il ait été renvoyé de la distillerie.

— Andrew lui a-t-il dit de partir?

— Je n'en suis pas sûre. Je sais seulement qu'il lui a donné son congé.

— Il n'y a rien d'autre à faire, à Heimra, fit Celia pensive. Je me demande pourquoi il reste.

Fenella ne pouvait se résoudre à parler de la rencontre de Jane et d'Isbister. Elle savait l'affection que Celia portait à son frère, et combien celui-ci avait été affecté par le refus de Jane.

— Je ne l'aime pas beaucoup, dit-elle seulement.

— Personne ne l'aime. Il est beaucoup trop malin. Jane en était folle, et lui a cru que cela mettrait Andrew à sa merci. Mais Andrew ne se laisse pas faire facilement. Quand il s'est aperçu qu'il manquait de l'argent, ça a été fini.

— Il y a combien de temps? s'enquit Fenella angoissée.

— Trois ou quatre mois, je crois.

— A peu près à l'époque de notre mariage, articula Fenella, la bouche sèche.

— Drew n'en a pas beaucoup parlé, mais je suppose qu'il s'agissait d'une grosse somme. Avec les droits de succession à payer par-dessus le marché, la distillerie est sur le point de fermer.

— Mais Jane avait parlé de deux mille francs!

— Elle s'est trompée, ou alors elle veut couvrir Donny.

Elles marchèrent en silence. Une profonde entente les unissait, et elles n'avaient pas besoin de parler pour se sentir bien ensemble. Fenella savait que Celia pensait à Andrew, se demandant comme il se sortirait de ses problèmes et ce qu'il ferait s'il était obligé de quitter l'île.

Elles étaient arrivées en haut du ravin, d'où tout leur paraissait petit, sauf la montagne conique qui s'élevait droite dans le ciel clair. Une maison grise, nichée sur la colline, semblait paresser au soleil.

— Voilà, dit Celia. On dirait que c'est le bout du

monde, à présent. Mais c'était très gai, quand nous étions petits. Les parents d'Andrew y ont vécu, à une époque. Je crois même que Jane y est née.

C'était sûrement la raison de sa colère, elle se sentait des droits sur sa maison natale, pensa Fen.

— Voulez-vous venir faire la connaissance de Mme Jameson? Elle est assez spéciale. Elle est persuadée qu'elle descend d'un roi scandinave. Lequel, je ne sais pas! Quoi qu'il en soit, elle a loué cette maison il y a bien longtemps et y vit entourée d'une cour imaginaire, composée de Vikings et autres seigneurs... Elle est au demeurant absolument inoffensive.

— Je crois que je préfère ne pas y aller. Est-ce que Mme Jameson vit seule?

— La dernière fois que je suis venue, elle avait une vieille servante, aussi âgée qu'elle.

— C'est terriblement isolé, remarqua Fenella en frissonnant.

— C'est tout près du village, si vous avez une voiture. La montagne est juste à l'opposé de Garrisdale, et la route s'arrête ici. Elle ne contourne pas la montagne, dont la face ouest tombe directement dans la mer.

Les parois lisses de la montagne s'élevaient devant elles comme un mur. Fenella se tourna vers la maison.

— Voilà quelqu'un, dit-elle.

Une silhouette apparut, se dirigeant vers la route. C'était celle d'un homme petit, trapu et puissant, dont l'allure n'était pas inconnue à Fenella.

— C'est Donny Isbister! s'exclama-t-elle. Vous croyez qu'il vit ici?

— Peut-être, répondit Celia après un instant de réflxion. Mais pourquoi?

— Probablement parce que personne ne veut de lui au village!

— C'est vrai! Regardez, il change de direction.

En effet, Isbister se hâtait à travers la lande. Le chemin qu'il empruntait menait en haut des collines, d'où il pouvait voir, au-delà du détroit, jusqu'à Heimra Beag. Il y avait quelque chose de clandestin dans sa façon de faire, et Fenella était persuadée que l'homme avait un rapport avec la fumée qu'elle avait vue sur la petite île. Tout en sachant que celle-ci n'était pas habitée, elle avait de plus en plus envie d'y aller.

Elles redescendirent le ravin côte à côte et retrouvèrent leurs paniers. Soudain, une voiture les dépassa. Jane était au volant et, le regard fixe, elle ne les vit pas. Le seul endroit d'où elle pouvait venir était la maison grise.

— Jane était à Skiary avec cet Isbister, fit Celia avec colère.

— Peut-être rendait-elle visite à Mme Jameson?

— Ça m'étonnerait! Il doit y avoir quelque chose entre ces deux-là; sinon, ils ne seraient pas partis chacun de son côté.

Elles rencontrèrent Andrew à la porte de la distillerie.

— Vous entrez? demanda-t-il. Nous allions juste mettre un bateau à vapeur en route sur la marée haute.

Fenella accepta avec empressement. Elle les avait regardés souvent, ces petits vapeurs, quand ils apportaient l'orge. Elle s'amusait à déchiffrer leurs noms quand, à marée basse, ils étaient immobiles le long du quai de la distillerie. C'était « Lumière d'Orage » qui était prêt à partir. Ils attendirent que le petit caboteur eut pris la mer. On avait toujours le temps, à Heimra. Le temps de penser, de réfléchir. Fenella se demandait si elle parlerait à Andrew de la fumée sur Heimra Beag.

— Prendrez-vous une tasse de thé avec moi? proposa-t-il.

Ils passèrent devant les étuves et les malteries, où l'odeur de l'orge fumée à la tourbe emplit leurs narines. Le bureau d'Andrew ouvrait sur la mer par une vaste baie, et l'on voyait les contours d'Heimra Beag.

La petite île mettait Fenella mal à l'aise, maintenant qu'elle savait que ses falaises sombres cachaient une vallée secrète. Et pourtant, elle était irrésistiblement attirée vers elle, comme elle l'avait été par Andrew lors de leur première rencontre.

Et maintenant? Son cœur se mit à battre lorsqu'elle leva les yeux vers lui et s'aperçut qu'il la regardait.

— Vous ne m'avez pas dit ce que vous pensiez de mon panorama, lui dit-il.

— Partout où je vais, je vois Heimra Beag, répondit-elle. Qu'y a-t-il réellement, là-bas, Andrew? Ne me dites pas que c'est inhabité. Celia et moi nous avons vu de la fumée s'élever au-dessus des collines, tout à l'heure.

— Vous avez dû vous tromper, fit-il en fronçant les sourcils. Ce devait être de la brume.

— Par cette journée claire et ensoleillée?

Il ne lui disait pas toute la vérité. Il y avait un mystère dont il ne voulait parler à personne.

La pensée de Val la fit soudain frissonner de la tête aux pieds. Andrew doutait de sa mort. Pourquoi associait-elle le souvenir de son mari et cette fameuse fumée? Val pouvait-il être caché derrière cette falaise sombre?

Andrew s'approcha d'elle.

— Je n'y penserais plus, si j'étais vous, Fenella.

Son expression était froide et crispée, et, tandis qu'il les reconduisait, elle se sentit glacée.

Le lendemain, elle alla se promener sur la plage. Henry et Celia étaient partis voir des amis à Skye, et Callum travaillait sur le rivage. Il repeignait le bateau de pêche, et la vedette d'Andrew se balançait le long de la jetée.

— Callum, cria-t-elle, voulez-vous m'emmener à Heimra Beag?

Il leva vers elle un regard incrédule, puis sourit, s'essuyant les mains sur un chiffon.

— Je vous emmène. Installez-vous, fit-il en lui désignant la vedette.

C'était de la folie, songea Fenella dès qu'ils eurent

108

pris la mer. Andrew ne voyait aucun inconvénient à ce que Callum se servît de son bateau pour la promener quand elle en avait envie. Mais que dirait-il du but qu'elle avait fixé? Il l'en tenait ostensiblement à l'écart, mais l'île exerçait sur elle une fascination irrésistible. Et puis, que pouvait-il lui arriver là-bas?

Fenella s'enfonça dans son siège, regardant les reflets du soleil jouer sur l'eau. A l'approche des noires falaises, elle fut prise d'une excitation grandissante. Callum continua son chemin vers le nord, évitant les récifs, à la recherche d'un endroit pour accoster.

Ils étaient à présent juste au pied de la falaise, qui cachait le soleil. Fenella s'aperçut que les rochers étaient rouges et non pas noirs. Ils s'élevaient tout droit, comme un mur infranchissable. Seules, les mouettes pouvaient conquérir la place. D'ailleurs les oiseaux de mer étaient là par milliers, piaillant, et ils s'envolèrent comme un gros nuage blanc à leur approche. Fenella pensa qu'on ne pouvait pas manquer de les voir de loin et elle se remit à penser à Andrew.

Il avait refusé, sous prétexte de travail, d'aller à Skye avec les Lawrence, pour rendre visite à leurs amis communs. Mais, par la suite, il n'avait pas semblé particulièrement pressé de se rendre à la distillerie. Quant à Jane, elle avait prétendu que son après-midi était occupé à différentes choses.

Comme d'aller à Skiary, avait pensé Fenella. Pourquoi s'y rendait-elle, si ce n'était pas pour Isbister? Que pouvait-elle avoir de commun avec Mme Jameson?

Bercée par le mouvement du bateau, Fenella s'endormit à moitié. Elle ne se réveilla que lorsqu'ils arrivèrent en vue d'une petite baie, cachée aux regards par deux tertres herbeux. C'est dans ce croissant de sable rose que débouchait l'étroite vallée d'où Fenella avait vu s'élever la fumée. Elle formait un passage resserré, qui traversait toute l'île du nord au sud.

Callum dirigea le bateau vers le fond de la baie, où

des rochers saillants faisaient une jetée naturelle. Un anneau de fer y était scellé. Le vieil homme aida Fenella à sortir du bateau.

— Vous avez vécu ici pendant un temps, n'est-ce pas, Callum?

— Plus d'un été, assura-t-il. Et l'herbe a toujours l'air aussi bonne!

La jeune femme ne comprenait pas pourquoi Andrew ne permettait plus à Callum d'y habiter. Peut-être n'était-ce qu'à cause de son infirmité, et du danger que représentaient les falaises à son âge. Fenella s'aperçut que la mer était très profonde, à cet endroit, et sombre.

Par contre, la vallée était verdoyante et accueillante. Le léger voile de pluie qui masquait tout à l'heure les contours de l'île s'était envolé dans un souffle de vent, remplacé par un arc-en-ciel.

Fenella n'avait jamais rien vu de plus beau. L'île était vraiment enchanteresse, et la robuste silhouette de Callum devant elle lui ôtait toute appréhension.

Levant les yeux vers la vallée, Fenella décida que ce qu'elle avait pris pour de la fumée n'était autre chose qu'un nuage de pluie qui se dispersait lentement.

Ils marchèrent presque une heure, montant graduellement dans l'air pur et offrant leurs visages au soleil. C'était merveilleux, et bien loin de l'aspect extérieur qu'offrait Heimra Beag.

Chaque fois que Callum s'arrêtait pour la laisser souffler, ou lui indiquer un point de vue sur la mer, les oiseaux s'approchaient d'eux, perchés sur les cailloux, pour les voir de plus près... Callum avait un don vis-à-vis des oiseaux, qui venaient à lui sans crainte.

— Depuis combien de temps n'êtes-vous venu ici?

— Trois ans, répondit Callum. Ma cabane était par là.

C'était, au bord d'une pente herbeuse, une de ces vieilles « maisons noires » des îles, condamnées maintenant. C'était presque une ruine; le toit s'était effondré, et la façade montrait des fenêtres sans carreaux, comme un aveugle. Pourtant, Callum la considérait comme sa maison.

— Voulez-vous venir vous y reposer un peu? proposa-t-il gravement.

Fenella comprit qu'il avait envie d'y aller. C'était l'endroit le plus solitaire qu'elle eût jamais vu, et malgré tout, Callum y avait coulé des jours heureux.

Ils y arrivèrent après avoir traversé un petit ruisseau aux eaux brunes. L'eau qui était le secret de la liqueur d'Heimra!

La maison était encore plus ravagée qu'il ne semblait de loin. Les volets à demi arrachés pendaient lamentablement sur le mur couvert de lichen, et la porte grinça quand Callum la poussa de l'épaule. La pluie et le vent avaient dévasté la cabane de Callum. Il n'en restait plus que les quatre murs, qui, en signe de défi, tiendraient bien encore une centaine d'années.

Le sol de terre battue était dur et humide. Un foyer avait été aménagé à l'aide de quelques pierres. Callum le regarda longuement, puis se pencha et appuya sa main contre la pierre, comme en un rite étrange.

Fenella se détourna. Le vieil homme devait avoir tant de souvenirs, qu'il ne tenait pas à partager.

Il n'y avait qu'une autre pièce, qui avait dû servir de chambre à coucher. Se retournant, elle vit que son compagnon avait disparu. La pièce lui parut encore plus humide et plus froide. Une chauve-souris s'envola, aveugle, des chevrons du plafond. Le cœur de Fenella se mit à battre plus fort dans le silence. L'endroit était sinistre. Les toiles d'araignées envahissaient tous les angles de la pièce, et des champignons poussaient sur les poutres effondrées.

La jeune femme éprouva soudain le besoin de s'échapper. Callum ne pouvait être loin. Il avait dû sortir pour contempler l'émouvant petit jardin potager qu'il avait cultivé pendant des années.

Sans bien savoir pourquoi, elle se dirigea vers l'âtre avant de sortir et posa ses mains sur la pierre... Elle était encore chaude d'un feu récent...

Elle resta pétrifiée, le cœur battant à grands coups. Ainsi, elle n'avait pas rêvé. C'était bien de la fumée qu'elle avait vue s'élever au-dessus de l'île.

Mais qui était venu ici, et pourquoi? Donny Isbister? Andrew? Callum lui-même? Ils avaient tous mille bonnes raisons de se rendre sur l'île. Mais alors, pourquoi le nom de Val éclata-t-il dans sa tête, bouleversant ses pensées?

Elle était incapable de bouger. Elle sentait le froid de la mort tomber sur elle. Aucun son ne parvenait à sortir de sa gorge. Il lui semblait que la maison abritait l'esprit du diable.

Callum entra, le regard profondément troublé. Fenella aurait dû lui poser des questions, mais elle ne pensait qu'à s'évader de cette atmosphère.

Dès qu'ils furent sortis, des oiseaux se précipitèrent par les fenêtres sans carreaux vers leur refuge pour la nuit.

Callum marchait en silence, absorbé dans ses pensées. Il n'y avait pas de vent, et l'immobilité alentour semblait croître à chaque instant. Soudain, Fenella s'arrêta, paralysée par une violente douleur au flanc. Sans doute avait-elle marché trop vite. Callum la regarda avec inquiétude.

— Êtes-vous fatiguée? demanda-t-il anxieusement.

— Tout va bien, Callum, mentit-elle. Je vais y arriver. Ce n'est qu'un point de côté. Laissez-moi respirer un peu. Nous marchions plutôt vite.

— Il y a encore un bon kilomètre à parcourir...

— Mais cela descend presque tout le temps.

— Laissez-moi vous aider.

Avec courtoisie, il la soutint sur quelques mètres.

— Il faut que je m'asseye un instant, décida-t-elle pourtant. Je vais reprendre mon souffle.

Callum jeta derrière lui un regard étrangement inquiet.

— J'aimerais mieux vous ramener directement à Garrisdale, dit-il.

— Je... je vais essayer, Callum.

Mais la douleur la mordait à chaque mouvement.

— Ne pourriez-vous amener la vedette plus près d'ici?

— C'est dangereux, répondit-il sans enthousiasme. Mais je pourrais peut-être y arriver, par ce temps calme.

— L'avez-vous déjà fait, Callum?

— Souvent! Une fois que le bateau sera près du rivage, vous n'aurez plus rien à craindre. Je monterai vous chercher. Il y a un chemin de chèvre, mais il faut bien le connaître pour qu'il ne soit pas dangereux. Surtout, n'essayez pas de le trouver vous-même.

Dès qu'il eut disparu à sa vue, Fenella regretta de l'avoir laissé partir. Elle était seule, absolument seule dans cet endroit inquiétant.

Elle se mit debout et fit les cent pas sur le sentier, écoutant les milliers de petits bruits dont elle n'avait pas eu conscience auparavant.

L'ombre d'un noir corbeau vint s'interposer entre elle et le soleil, planant juste au-dessus de sa tête.

Fenella se demandait combien de temps il faudrait à Callum pour la rejoindre. Elle tendait l'oreille, guettant le son du moteur. Dès qu'elle l'entendrait, elle irait précautionneusement jusqu'à la trouée dans les rochers, et attendrait là qu'il vînt la chercher. Elle ne voulait prendre aucun risque.

Le silence l'enveloppait, de plus en plus dense. Soudain, elle eut l'impression qu'elle n'était plus seule. Elle se sentait épiée dans chacun de ses mouvements par d'invisibles yeux.

C'est alors que, faiblement d'abord, puis montant en un crescendo inhumain, un animal se mit à hurler. C'était le cri le plus terrifiant qu'elle eût jamais entendu.

Au début, on aurait pu croire au gémissement du vent, mais, en s'amplifiant, il portait en lui la sauvagerie propre aux bêtes de proie. Le sang de Fenella se glaça dans ses veines. L'horrible hurlement s'éleva par trois fois.

Fenella se mit à courir. Elle trébuchait, tombait, se relevait, complètement à bout de souffle. Mais elle continuait à courir et courir, mue par une panique irrésistible, à côté de laquelle la douleur ne comptait pas. La sueur ruisselait le long de son dos, la sueur froide de la peur.

Elle arriva soudain à l'endroit où les rochers tombaient à pic dans la mer.

— Il y a un chemin de chèvres, avait dit Callum...

Il fallait absolument qu'elle le trouvât, pour se sortir de là. Elle finit par le découvrir, à moitié caché dans l'herbe. Il menait à une plate-forme naturelle dans la pierre.

C'était encore loin au-dessous d'elle, et elle en eut le vertige. Mais rien n'aurait pu l'arrêter. L'horrible bruit lui résonnait encore aux oreilles, et elle avait l'affreuse impression d'être poursuivie.

Elle profita de l'élargissement provisoire du chemin pour reprendre son souffle.

Il y eut soudain un énorme bruit, comme un grondement de tonnerre, et un énorme rocher dévala la pente droit sur elle. Elle resta un instant pétrifiée, puis, faisant appel à tout ce qui lui restait d'énergie, elle fit un bon de côté, pour s'écarter de sa route.

Le rocher passa tout près d'elle, accompagné d'une pluie de petits cailloux. Mais il l'entraîna dans sa chute, et elle se sentit dégringoler irrésistiblement vers la mer.

10

Il faisait sombre. Fenella avait l'impression que tous ses os étaient brisés. Sous ses mains, elle sentait l'herbe douce. La mémoire lui revint par vagues. La douleur dans son flanc avait disparu, mais elle souffrait de la tête aux pieds chaque fois qu'elle essayait de bouger.

Elle avait dû dévaler la pente jusqu'à la corniche. Mais elle aurait pu, comme le rocher, dégringoler jusqu'à la mer.

En même temps que la mémoire, lui revenait la conscience de la difficulté de sa situation. Il était tard. Elle avait certainement perdu connaissance assez longtemps. Qu'était-il arrivé à Callum? S'il était monté par le chemin des chèvres, il n'avait pas pu la voir. Il la cherchait probablement de l'autre côté. A moins qu'il ne fût pas venu du tout, effrayé par le hurlement du loup!

Elle tenta de se mettre debout, mais retomba, affaiblie par la douleur. Qu'allait-elle devenir? Elle gisait dans l'herbe, à moitié sanglotante, avec le piaillement des oiseaux au-dessus de sa tête. Ce n'est pas possible, je ne peux pas mourir ici, pas comme ça, pensait-elle; mais elle ne pouvait rien faire sans que cette douleur déchirante lui traversât le corps.

Pourquoi Andrew ne venait-il pas? Il ne pouvait être loin. Sans savoir pourquoi, elle se raccrochait au souvenir de sa force. Était-il déjà parti à sa recherche? Mais comment saurait-il où la trouver?

Elle se tourna sur le côté, mais s'affaissa de nouveau, soupirant. Son esprit se couvrait du voile de l'oubli. Il faisait froid, maintenant, et à peu près complètement nuit. Elle pourrait aussi bien s'endormir là, et ne jamais se réveiller...

A travers un brouillard, elle entendit des voix.

— Là! En bas! Droit devant vous...

Elle se sentit enlevée par des bras puissants et vit une lumière s'agiter, qui lui parut lointaine.

— Tenez la lanterne basse.

C'était la même voix, ferme et rassurante, la voix d'Andrew.

— Nous n'arriverons pas à descendre au bateau par là, avec elle. Il vaut mieux passer par le haut.

— Ce sera difficile...

Ce fut tout ce que Fenella entendit. Elle ne pensait plus à rien, dans l'état de demi-inconscience où elle se trouvait. Elle n'avait plus mal. Elle se sentait seulement emportée, de plus en plus haut, jusqu'à ce qu'elle eût l'impression de flotter sur les nuages...

Par moments, elle avait des éclairs de lucidité. Alors, elle voyait la proue du bateau, la voûte du ciel étoilé, des gens autour d'elle. Et surtout elle entendait la voix d'Andrew, calme et autoritaire. Et puis il y eut le sentiment final de repos, de sécurité. Elle était arrivée à la maison...

Fenella sombra alors dans la nuit la plus totale, peuplée d'atroces cauchemars. Les longs séjours dans l'obscurité; les voyages sans fin sur une mer déchaînée; les efforts désespérés pour s'arracher à des fosses sans issues. Parfois, elle renonçait à essayer de s'en sortir. Mais il y avait toujours quelqu'un pour l'obliger à combattre. Une voix d'homme, et puis une voix de femme. Bien d'autres aussi, mais auxquelles elle ne faisait pas attention.

— Où suis-je? demanda-t-elle enfin un jour. Combien de temps...

— Longtemps, répondit la voix de femme.

Avoir été longtemps malade lui parut étrange. Une sournoise petite question, agaçante, lui tournait dans la tête, informulée. Elle voyait la lumière, maintenant. Une lumière dorée qui s'étendait au-dessus d'elle.

— Est-ce le soleil? fit-elle d'une voix faible.

Une main fraîche se posa sur son front.

— Voulez-vous que je tire les rideaux? demanda Celia.

— Non.

Elle distinguait autour d'elle les murs et la porte de sa chambre à Garrisdale.

— Celia?...

— Oui, ma chérie?

— Comment suis-je rentrée?

— Andrew vous a ramenée. Il avait remarqué l'absence de la vedette et vous a suivis, Callum et vous.

— Mais il faisait nuit...

— Ils ont mis longtemps à vous trouver. On ne pouvait pas vous voir, du haut de la falaise. Mais n'y pensez plus, Fen. Vous allez mieux, maintenant.

Fenella resta immobile. Elle aurait voulu sombrer de nouveau dans un sommeil sans fin. En dépit de l'affection chaleureuse de Célia, elle se sentait désespérément seule. Curieusement seule, et vide.

— Celia, murmura-t-elle, quand je suis tombée...

Elle cherchait le regard de Célia, anxieusement.

— Est-ce que... j'ai perdu le bébé?

— Oui.

Celia lui prit la main et se pencha pour déposer un baiser sur sa joue.

— Ne vous tourmentez pas, Fenella, il ne faut pas. C'était la seule façon de vous sauver la vie. Le docteur a fait tout ce qu'il pouvait.

C'était donc ça, cette sensation de vide... Fenella tourna son visage vers le mur. Celia avait pitié d'elle, tout le monde avait pitié d'elle; mais personne ne pouvait partager sa peine.

Elle ferma les yeux. Celia s'éloigna sur la pointe des pieds. Le regard fixé sur le mur, Fenella sentait tout l'amour qu'elle avait nourri pour son enfant s'écouler d'elle. D'horribles sanglots la secouaient de la tête aux pieds, mais elle n'arrivait pas à pleurer. Elle se mit à contempler l'étoile qui était peinte au plafond. Des millions et des millions d'étoiles...

Soudain, la puissante carrure d'Andrew sembla boucher le seuil. Son visage était indéchiffrable.

— Fen, je suis désolé...

— Comment pouvez-vous être désolé? hurla-t-elle, à demi folle de chagrin. Vous devez être soulagé, au contraire! Il n'y a plus personne en travers de votre chemin, Andrew!

Il s'approcha malgré tout du lit et se pencha vers le pauvre visage torturé.

— Essayez de dormir, Fenella, dit-il doucement. Nous en reparlerons quand vous irez mieux.

Le docteur fut très satisfait du progrès de Fenella.

— Vous serez sur pied en un rien de temps, madame Mac Kail. Nous allons avoir un merveilleux été indien. Il faudra en profiter le plus possible. L'air d'Heimra! Rien de tel pour vous redonner des couleurs!

Il semblait y avoir une sorte de conspiration du silence au sujet du bébé. Celia passait des heures à son chevet, alors qu'elle aurait dû être rentrée à Glasgow.

— Est-ce Andrew qui vous a demandé de rester? demanda un jour Fenella.

— Non, c'est moi qui en ai pris la décision. Bien sûr, il y avait Morag, mais je voulais veiller sur vous moi-même, Fen. J'avais l'impression que vous auriez besoin d'avoir près de vous quelqu'un de votre âge. Et cela fera beaucoup de bien à Henry d'avoir à se débrouiller tout seul pendant une quinzaine de jours!

La présence de la jeune fille faisait du bien à Fenella,

mais elle savait que Celia ne resterait pas éternellement à Heimra. Il lui faudrait retourner à Glasgow...

La seule personne qu'elle n'ait pas vue depuis son accident était Jane. Pourtant, elle avait eu plus d'une fois conscience de sa présence dans la chambre, pendant ses instants de lucidité.

Fenella se remit rapidement, mais toute joie de vivre l'avait quittée. Elle sentait qu'elle n'avait plus aucun droit à Heimra, désormais.

— Il va falloir que je réorganise ma vie, expliqua-t-elle à Celia, lors d'une promenade. Je ne peux pas continuer à vivre aux crochets d'Andrew.

— Ce n'est pas ainsi qu'il voit les choses, affirma son amie. Il sera heureux que vous restiez à Garrisdale aussi longtemps que vous le désirerez.

— Comment le pourrais-je? Il a tant de soucis! La distillerie, par exemple.

— Je sais, coupa Celia. Mais il espère que cela va s'arranger très bientôt. Il y a eu un mic-mac — l'orge qui disparaissait, et d'autres choses encore — et Andrew est décidé à aller au cœur du sujet. Pour des raisons personnelles, il ne veut pas faire intervenir la police.

— La police? C'est donc tellement sérieux?

— Je le crois. Mais Andrew ne veut pas de scandale.

— Il est comme son grand-père. Le nom des Mac Kail représente beaucoup pour eux.

Comme elles approchaient du village, Celia proposa :

— Êtes-vous assez forte pour continuer? Nous pourrions aller prendre une tasse de thé à la distillerie.

Fenella eut un mouvement de recul. Elle n'avait pas revu Andrew depuis le jour où elle l'avait violemment accusé de ne penser à rien d'autre qu'à Heimra. Il lui avait répondu gentiment mais n'était plus revenu la voir. Cela faisait une semaine que cette pénible scène avait eu lieu, et elle en gardait un souvenir gêné.

— J'aimerais mieux pas... Ce sera long, pour rentrer...

— Fen, demanda gentiment Celia, pourquoi avez-vous si peur de rencontrer Andrew?

— Est-ce que j'ai peur? répondit Fenella, les yeux élargis. Je sais qu'il ne veut pas de moi ici. Il ferait n'importe quoi pour récupérer Heimra, et en fait...

— En fait? insista Celia.

— En fait, il a ce qu'il voulait, n'est-ce pas?

Fenella trébuchait sur les mots.

— Avant que Val et moi n'entrions en scène, tout marchait pour le mieux, à Heimra. L'avenir d'Andrew était tout tracé. L'île serait à lui, et Jane vivrait à Garrisdale...

— Jusqu'à ce qu'il se marie, intervint Celia. Le mariage d'Andrew a toujours été la hantise de Jane. Elle a été ravie quand Margot Fairley l'a quitté; je crois même qu'elle a fait tout ce qui était en son pouvoir pour la détourner de lui. Nous pensions tous que ce n'était pas la femme qu'il falllait à Andrew. Elle était terrifiée par Heimra, et Jane a tiré parti de sa faiblesse. C'est pour ça qu'elle est partie.

— Mais si Margot aimait Andrew?

— Tout est là, dit Celia lentement. Si elle l'avait vraiment aimé, ni Jane ni personne d'autre n'aurait pu l'empêcher de rester. Margot aurait aimé cette solitude dont elle se plaignait alors qu'elle était près de lui. Et elle aurait servi Heimra pour l'amour d'Andrew.

Fenella pensa que Celia aimait encore Andrew, et qu'un jour, en l'épousant, il en ferait la plus heureuse des femmes. Cette idée la troubla durant tout le trajet du retour. Jane les attendait sur le perron.

— Il y a un télégramme pour toi, dit-elle sèchement à Celia. Si c'est urgent, on peut t'emmener jusqu'à Skye.

Celia lut le message et sourit.

— Une façon comme une autre de se débarrasser des soucis domestiques! Henry reçoit d'importants clients de Londres pour le week-end et il semble incapable de se débrouiller sans moi...

— Cela fait quinze jours qu'il est seul, remarqua peu aimablement Jane. C'est beaucoup pour un homme!

— Il aurait bien tenu encore une semaine, soupira Celia. Enfin! J'ai bien l'impression qu'il faut que je rentre. Si je n'étais pas persuadée que l'air d'Heimra est ce qu'il y a de mieux pour vous, je vous aurais emmenée avec moi, Fen!

C'était peut-être la solution, pensa Fenella. Partir avec Celia. Ce serait quitter Heimra pour toujours, mais elle aurait l'appui de la jeune fille, sa sympathie et sa gentillesse pour l'aider. Elle serait aussi bien à Glasgow qu'ailleurs pour prendre une décision définitive.

L'avenir s'étendait devant elle, incertain. L'endroit où elle atterrirait lui était indifférent... Jane se tenait entre elle et la porte, attendant sa réponse.

— Je suis beaucoup plus solide, dit-elle. Peut-être, si je partais avec vous, Celia, pourrais-je rester quelque temps à Glasgow.

Jane se dirigea vers le hall.

— C'est Drew qui décidera, je suppose. Il se sentira peut-être obligé de vous garder ici.

— Obligé ou non, rétorqua Celia avec colère, il est assez grand pour prendre sa décision tout seul!

Fenella s'effondra dans un fauteuil. La promenade l'avait épuisée. Mais ce n'était pas seulement pour cela que son cœur battait si fort.

— Je suppose que vous avez assez d'argent pour vivre à l'aise à Glasgow, fit Jane d'une voix pleine de sous-entendus. Votre cher mari a dû y veiller!

Fenella leva les yeux vers sa cousine, dont le visage était défiguré par la haine.

— Je ne comprends pas bien...

Fenella se sentait trop lasse pour discuter.

— J'ai de quoi vivre jusqu'à ce que j'aie trouvé du travail. C'est ce que vous me demandiez?

Jane s'approcha.

— Ainsi, vous ne savez rien! Vous ignorez que votre

mari s'est enfui avec cent mille francs! Il a trouvé que le cadeau de mariage n'était pas suffisant, alors il a pris le reste!

— C'est faux!

La protestation de Fenella s'éteignit tandis qu'elle se remémorait leur exceptionnelle lune de miel, et l'argent dont disposait toujours Val. Leurs divertissements somptueux, le « Renard des Mers » et les nombreuses soirées au Casino où il semblait jouer sans compter.

— Vous vous trompez, répéta-t-elle avec désespoir. Grand-père avait été très généreux, il nous avait fait un chèque de quarante mille francs.

— Je le crois, fit Jane glaciale. Il a eu le geste qu'il fallait pour le premier mariage depuis un demi-siècle. Mais ce n'était pas assez pour Val!

Fenella se mit les mains sur les oreilles.

— C'est impossible, cria-t-elle. Personne n'aurait pu agir ainsi vis-à-vis d'un homme comme lui!

— Grand-père en serait mort, s'il l'avait appris.

— Il ne l'a pas su?

Fenella se sentit soulagée. Non pas parce que Val n'avait pas été poursuivi — s'il avait bien commis ce forfait — mais parce que le vieil homme était mort sans avoir à rougir de sa famille.

— J'en suis heureuse, balbutia-t-elle. Je suis heureuse qu'il n'ait pas eu à le savoir.

— Vous pouvez en remercier Andrew. C'est grâce à lui. Mais il ne l'a pas fait pour vous, il n'a pensé qu'à grand-père. Vous imaginez le scandale : « L'héritier disparaît avec la fortune de la distillerie! »

— Oh Jane! Pourquoi ne me dites-vous cela que maintenant? J'aurais dû le savoir depuis longtemps!

— Qu'est-ce que cela aurait changé? fit-elle d'un ton incisif. Vous ne seriez pas revenue avec Andrew?

— Je n'en sais rien! Vraiment, je n'en sais rien!

Ce que venait de dire Jane n'arrivait pas à faire son chemin clairement dans son esprit, malgré ses efforts.

122

— Drew a des années de travail devant lui, pour rembourser cet argent. Mais il ferait n'importe quoi pour Heimra. Il vous aurait même épousée, pour être sûr de l'avoir.

— Épousée?

— C'est ce qu'il a dit...

— Oh non! Andrew ne pourrait pas se marier avec une femme qu'il n'aimerait pas!

Jane eut un sourire méprisant.

— Vous avez tout à apprendre sur les hommes! Ils ne se marient pas par amour. Ils se marient pour avoir une femme qui s'occupe d'eux, pour une sorte de besoin fondamental qu'ils n'expliquent pas très bien eux-mêmes, ou par ambition. Si une femme leur apporte ce qu'ils veulent, ils la prennent, sans trop se soucier de l'amour, comme vous dites.

— Mais Andrew...

— Drew vous aurait fait une vie confortable et il aurait continué à s'occuper d'Heimra pour votre enfant, s'il avait été un garçon. Beau-père de l'héritier! C'était mieux que rien...

Fenella se raidit.

— Pourquoi me dites-vous tout cela?

— Parce que cela ne s'est pas produit. Votre accident a sauvé Andrew. Heimra est à lui, maintenant. De plein droit.

— Il y a une chose que vous oubliez, Jane, fit Fenella d'une voix assurée. Val n'est peut-être pas mort...

Jane recula d'un pas, comme si elle avait été frappée.

— Pas mort? Vous êtes folle!

— Désespérée, plutôt, soupira Fenella. Je ne sais plus où j'en suis. On n'a pas confirmé la mort de Val.

Jane se tourna vers la cheminée.

— S'il vit encore, fit-elle entre ses dents, tout cela n'aura servi à rien.

Fenella ne comprit pas ses paroles et elle était trop

bouleversée pour s'en soucier. Le pas décidé d'Andrew résonna sur les marches.

Jane s'en fut. Elle semblait consternée, mais elle s'en remettrait vite...

— Ne partez pas, Fenella, dit Andrew en entrant dans la pièce. J'ai à vous parler.

Fenella lui fit face, le cœur empli d'une soudaine panique, comme un oiseau pris au piège. Elle fit un effort pour prendre une voix dure et méprisante.

— Pourquoi ne m'aviez-vous pas parlé de cette histoire d'argent? Vous avez pensé que j'étais au courant, au début, n'est-ce pas?

En deux enjambées, il fut près d'elle.

— Au début, oui. Je pensais qu'il vous en avait parlé, ajouta-t-il, se dominant parfaitement.

— Je n'arrive encore pas à y croire, gémit-elle.

— Vous avez une confiance touchante dans les gens que vous aimez. J'ai peur qu'il n'y ait aucun doute possible. Val a simplement falsifié le chèque. Puis il l'a encaissé.

Le regard de Fenella vacilla sous le dédain qui se reflétait dans les yeux gris.

— Et vous m'avez ramenée ici à cause de votre grand-père, n'est-ce pas? Vous auriez fait n'importe quoi pour lui.

— Oui.

— Votre grand-père et Heimra.

Elle sentait un froid mortel l'envahir.

— Celia rentre chez elle. Je crois que je vais partir avec elle. Je ne peux plus rester ici.

Il baissa les yeux vers elle, sans bouger.

— C'est une ineptie. Vous avez été malade. Il n'est pas question que vous entrepreniez un tel voyage. De toute façon, votre foyer est ici, tant que nous n'avons pas de nouvelles au sujet de Val.

Elle lui fit face, dans la lumière déclinante.

— Vous savez! Vous savez dans votre cœur! Il est

mort, lui aussi. Tous les obstacles ont été écartés, lentement mais sûrement...

Il lui attrapa le bras, et la secoua.

— De quoi parlez-vous?

— Vous avez enfin Heimra, n'est-ce pas, Andrew? Je ne compte pas! Si j'avais eu un fils, vous m'auriez épousée, pour prolonger au moins votre pouvoir...

Il prit son autre bras et l'obligea à le regarder.

— Oui, je voulais vous épouser. Maintenant vous le savez, mais cela n'a pas d'importance.

Il la repoussa.

— Si cela peut vous consoler, dit-il froidement, j'ai honoré le chèque de Val. Quoiqu'il arrive, il ne sera pas poursuivi.

Sur ces mots, il tourna les talons. La porte du bureau de son grand-père se referma sur lui, et, quelque part au premier étage, une autre porte claqua. Jane avait tout écouté.

11

Celia quitta Garrisdale le lendemain matin. Andrew avait proposé de la mener à Skye la veille au soir pour gagner du temps, mais elle avait préféré attendre la « Vierge d'Heimra ».

— Prenez soin de vous, Fen, dit-elle en partant. Et confiez-vous à Drew, si quelque chose ne va pas.

Fenella ne pouvait pas lui dire à quel point Andrew et elle étaient étrangers l'un à l'autre...

— Venez à Glasgow quand vous voudrez. Henry ira vous chercher à la gare. Vous aimerez Bearsden. Il y a des collines, et la mer n'est pas loin...

Celia bavarda tout le temps du trajet pour meubler les silences, et encore tandis qu'ils attendaient le départ du bateau.

Andrew, qui les avait accompagnées en voiture jusqu'au port, prenait livraison de marchandises qui étaient arrivées pour lui la veille. Le petit vapeur noir qui avait fait le voyage était prêt à repartir, mais son capitaine avait toujours cinq minutes pour parler avec un vieil ami.

— Désolé pour la dernière livraison d'orge, monsieur Mac Kail, cria-t-il du pont. Mais il n'en manquait pas un gramme quand j'ai quitté mon bateau. J'en jurerais sur ma vie !

La réponse d'Andrew fut noyée par la sirène de la « Vierge d'Heimra » qui arrivait au port.

— Eh bien, il lui en faut de la place, à ce Dougal Mac Nab pour faire tourner son petit bateau ! s'indigna le vieux capitaine barbu.

Andrew eut un sourire.

— Vous feriez mieux de vous en aller, ou il va vous couper en deux !

— Je voudrais bien voir ça ! repartit l'autre en actionnant sa sirène... Si vous trouvez le voleur, faites-le-moi savoir, monsieur Mac Kail. Il mérite une leçon !

Andrew rejoignit Fenella et Celia.

— Qu'est-ce que c'est que cette histoire d'orge ? s'enquit cette dernière.

Andrew hésita un instant.

— Une plaisanterie... dit-il avec un sourire.

— Je vois...

Ils se comprenaient à demi-mot, tous les deux. C'était une merveilleuse paire d'amis, de bons compagnons. C'était ce qu'il fallait pour qu'un mariage réussisse, pensa Fenella. Un jour, Celia reviendrait à Heimra pour retrouver Andrew, c'était certain. Fenella en ressentait à la fois chagrin et envie. Ce serait à son tour alors de s'en aller...

Andrew porta la valise de Celia sur le bateau.

— D'une certaine façon, Celia, j'aurais aimé venir avec vous, dit Fenella.

— Vous n'êtes pas encore assez bien. Prenez votre temps pour décider, Fen. Drew vous aidera.

Plus maintenant, pensa Fenella. Plus jamais. Elle avait perdu son estime par ses accusations insensées. Comment aurait-il pu comprendre ? Elle évoluait dans un univers gris et terne. Elle ne vivait pas, elle se contentait d'exister, incapable d'établir un contact avec quelqu'un d'autre que Celia. Et Celia s'en allait...

— Vous devriez monter à bord, conseilla Andrew à

Celia. Le capitaine Mac Nab sera très honoré si vous restez sur le pont avec lui!

Celia éclata de rire.

— Quel homme adorable! Il n'oublie toujours pas, n'est-ce pas?

C'était une plaisanterie qu'ils comprenaient tous deux, complices, les yeux dans les yeux.

— Le capitaine Mac Nab est un des plus fervents admirateurs de Celia, expliqua Andrew en la regardant grimper la passerelle. C'est une vieille histoire. Quand elle venait, encore écolière, on la confiait à la garde du galant capitaine. Il la laissait prendre la barre, et elle était persuadée que c'était elle qui rentrait « la Vierge d'Heimra » au port. Le capitaine ne la détrompait pas.

— Elle doit avoir bien envie de revenir, dit Fenella la gorge serrée. C'est une vie tellement différente...

— Et vous, Fenella? Resterez-vous à Heimra, même si c'est à la maison de Skiary?

— Je l'avais oubliée, avoua-t-elle, soudain réchauffée. Il n'est pas question que je donne congé à la vieille Mme Jameson, bien sûr. Mais j'attendrai.

Ils restèrent sur le quai à faire des signes d'adieu, jusqu'à ce que le bateau disparaisse à leur vue. Le petit vapeur noir avait mis plein gaz, et s'essoufflait dans le sillage de la « Vierge d'Heimmra », dans le vain espoir de la rattraper.

— Quel est le problème à la distillerie? demanda Fenella tandis qu'ils regagnaient la voiture.

— Nous avons perdu de l'orge, expliqua-t-il brièvement. Il en manque une grande quantité. J'ai toute confiance en John Nichol, il n'y a pas de meilleur contremaître que lui.

— Parce que vous pensez que l'orge a été volée?

— Elle a disparu. Il faut que je découvre comment et pourquoi. Nous ne pouvons supporter une perte aussi importante en ce moment.

A cause de l'argent que Val avait dérobé. Fenella eut mal au cœur à cette pensée.

— Andrew, si je vendais la maison de Skiary, je pourrais rembourser... suggéra-t-elle.

— Skiary n'est pas la solution. Cela ne suffirait pas, et j'aimerais mieux que vous ne la vendiez pas.

C'était péremptoire, et Fenella comprit que ce n'était pas la peine d'insister. De plus, il y avait le problème de Mme Jameson. Fenella était une Mac Kay depuis suffisamment longtemps pour avoir appris qu'il n'était pas question d'évincer une locataire âgée, quelles que fussent les circonstances.

— Je suis dans une impasse, d'une certaine manière. J'ai une maison à moi mais je ne peux pas en disposer.

Andrew lui jeta un coup d'œil.

— Il y a Garrisdale. Considérez-la comme votre foyer jusqu'à ce que vous puissiez habiter à Skiary...

Fenella eut du mal à ne pas laisser transparaître l'émotion qu'elle ressentait.

— Merci, Andrew. C'est très bon de votre part.

Il ne répondit pas. Ils approchaient du manoir, gravissant la dernière côte. C'était probablement le point le plus élevé de l'île, mise à part la montagne. La vue était superbe. Andrew stoppa la voiture. Pourtant, il avait dû admirer ce paysage des milliers de fois déjà.

Les deux îles s'offraient à leurs regards. La mer bleue du détroit s'étendait jusqu'à Heimra Beag, dont le relief était ce jour-là d'une netteté étonnante. Brusquement, se découpant sur les roches noires de la petite île, ils aperçurent un yacht blanc qui longeait la côte.

Andrew s'empara des jumelles qu'il gardait dans sa voiture, et les porta à ses yeux. Il observait la progression du bateau, qui naviguait avec son moteur auxiliaire.

— Est-ce... quelqu'un que vous connaissez?

Andrew posa les jumelles. Ses yeux se plissaient dans son effort de concentration.

— C'est ce qu'il faut que je découvre... Pensez-vous

pouvoir rentrer à pied depuis la grille? J'aimerais me rendre directement à la distillerie.

Le cœur de Fenella se mit à battre très fort, et elle avait le souffle court. Le voilier disparaissait à leur vue, doublant le cap nord d'Heimra Beag.

— N'importe qui a-t-il le droit de débarquer sur Heimra Beag, ou pouvez-vous l'interdire?

— Les îles sont des propriétés privées, répondit-il après avoir remis la voiture en route. Mais nous n'en interdisons pas l'accès systématiquement.

Fenella regagna le manoir, un petit paquet de courrier à la main. Andrew lui avait demandé de l'emporter, mais en avait retiré auparavant une lettre, qu'il avait glissée dans sa poche.

Tout en marchant, Fenella compulsa la petite pile d'enveloppes, mais il n'y avait rien pour elle. Aucune lettre de France. Toujours ce vide... Rien ne la guidait dans sa quête de la vérité au sujet de Val. Le désespoir l'envahit. Comment pourrait-elle continuer de vivre, des années peut-être, sans savoir? Elle était sûre d'elle quand elle avait affirmé à Andrew que Val était incapable de disparaître, de l'abandonner. Mais maintenant, elle était rongée par un doute affreux, déchirant. Val aurait-il pu réellement le faire? Andrew le soupçonnait. C'était peut-être pour cela qu'il était parti si vite enquêter sur le yacht mystérieux.

Ce bateau! Elle ne l'avait pas vu de près et elle ne se rappelait plus très bien le « Renard des Mers ». Cependant, elle fut pétrifiée à l'idée horrible que le voilier blanc et le « Renard des Mers » pourraient ne faire qu'un.

Quand elle arriva à la maison, Jane se tenait à la fenêtre de la salle à manger.

— Pourquoi Andrew n'est-il pas avec vous? Je l'attendais avec le courrier.

— Je l'ai apporté, dit Fenella en le lui tendant. Andrew voulait se rendre tout de suite à la distillerie. Il

130

manque de l'orge, paraît-il, et votre frère croit qu'elle a été volée.

Jane lui tourna le dos.

— Quelle preuve a-t-il? demanda-t-elle vivement.

— Je ne sais pas. Il a seulement dit qu'il avait l'intention d'aller au fond du problème.

— Il ferait mieux de laisser tomber! Cela ne doit pas être une perte importante.

— Andrew n'a pas l'air de cet avis. Puis-je faire quelque chose pour vous, Jane?

— Faire quelque chose?

Jane se détourna de la fenêtre.

— D'abord, Andrew ne le supporterait pas. Vous êtes notre chère malade! Il faut vous dorloter et vous chouchouter jusqu'à ce que vous alliez mieux. Ce sont ses ordres!

Fenella sentit un sanglot lui monter à la gorge. Si seulement c'était vrai! Andrew n'avait demandé à Jane de s'occuper d'elle que parce qu'il considérait que c'était son devoir, ou parce qu'il avait pitié d'elle. Être dorlottée, c'était différent. Cela voulait dire aussi être aimée, et consolée...

— Je vais faire du thé, dit-elle. Cela soulagera Morag.

Jane ne quitta pas son poste d'observation. D'où elle était, elle avait pu voir le bateau le long du rivage sombre d'Heimra Beag, bien qu'elle n'y eût pas fait allusion.

— J'en ai par-dessus la tête de Miss Jane, grommelait Morag quand Fenella arriva à la cuisine. Ce ne sont que des « faites ci », « faites ça », toute la journée. Pendant ce temps-là, elle disparaît dans la nature. Callum en a assez aussi. Elle n'est jamais contente, depuis quelque temps. C'est peut être l'argent que son grand-père lui a laissé...

Elle s'arrêta, quêtant une approbation de Fenella.

— Il paraît qu'il vous a légué la maison de Skiary,

Maîtresse, dit-elle, tandis que Fenella ébouillantait la théière. Mais vous n'allez pas renvoyer la vieille femme, n'est-ce pas?

— Non, assura Fenella. Jamais je ne ferais une chose pareille, Morag!

— Méfiez-vous! Flora est partie pour vivre jusqu'à cent ans. Ce n'est sûrement pas parce qu'on a mauvais caractère qu'on meurt plus tôt!

Fenella se mit à rire.

— Vous êtes dure, avec Mme Jameson!

— Nous l'appelions la Sorcière, quand nous étions petits. Elle vivait encore dans le village et elle nous effrayait avec des histoires de monstres des mers qui sortaient de l'eau et venaient dévorer les agneaux, et même les petits enfants... Le résultat était que cela nous éloignait de ses framboises. Elles étaient délicieuses, et nous adorions lui en chiper.

— Alors, les histoires, c'était pour ça?

— Exactement, dit Morag en posant la théière sur le plateau. Elle s'en servait très habilement. Quant à nous nous croyions tout ce que nous entendions. Quand elle est partie à Skiary, nous avons été contents, mais une partie de l'animation du village s'en est allée avec elle.

Fenella emporta le plateau dans le salon, tout en pensant à sa locataire. Comment cette femme excentrique avait-elle eu l'idée de prendre un pensionnaire? Peut-être par peur de la solitude. Ou bien parce que Donny Isbister avait su s'y prendre. Il avait beaucoup de charme, bien que Fenella l'eût trouvé antipathique. Une vieille dame riche pouvait être intéressante pour lui.

Elle chassa Donny de ses pensées et attendit Jane. Morag avait déjà sonné la cloche pour le thé depuis cinq minutes.

— Elle est sortie, vint annoncer enfin Morag. Elle est partie pour Skiary. Ces deux-là ont bien des choses en commun...

Fenella se versa une tasse de thé.

— Miss Jane et Flora Jameson, insista la vieille femme. C'est une étrange amitié, je trouve.

Sur ces mots, elle sortit, fermant la porte derrière elle.

Restée seule, Fenella s'attarda un peu. Andrew rentrait parfois à l'heure du thé, quand il était dans les parages. Elle s'aperçut qu'elle souhaitait sa visite.

A cinq heures et demie, ayant attendu en vain, elle remporta le plateau dans la cuisine. Il n'y avait personne. Callum et Morag avaient disparu. La maison semblait curieusement vide, et le vaste hall était plein d'ombres quand elle le traversa pour se diriger vers la porte.

C'est alors que, dans le silence, s'éleva le hurlement d'un loup. C'était le même cri déchirant que celui qui l'avait poussée à s'enfuir comme une aveugle jusqu'à sa chute par-dessus la falaise.

Elle s'immobilisa, vibrante, dans le hall sombre. Qu'attendait-elle? Que le Loup vînt la chercher? C'était un mythe, une légende, mais son enfant en était mort. Comment dès lors nier toute vérité à ce phénomène?

Des pas lourds crissèrent sur le gravier, et la porte s'ouvrit.

— Andrew!...

Son visage était terrifiant. On aurait dit un de ses ancêtres vikings poursuivant son ennemi pour se venger.

— Callum est-il là? demanda-t-il sans même la regarder.

Elle était trop secouée pour pouvoir lui répondre. Trop frappée par sa colère irrésistible pour se rappeler qu'elle n'avait pas vu Callum de l'après-midi.

— Fenella?

Il s'approcha d'elle, et regarda son pauvre visage bouleversé.

— Vous l'avez entendu, dit-il. Je suis désolé. N'y pensez plus. Ce n'est rien!

— Comment pouvez-vous dire cela?

Elle avait enfin retrouvé sa voix.

— Je l'ai déjà entendu. Ce fameux jour... sur l'île, juste avant que je ne tombe. C'était le même cri. Le hurlement d'un loup...

Elle frissonna, et il la prit dans ses bras.

— Fenella, soyez raisonnable, dit-il affectueusement. Le Loup d'Heimra n'existe pas, il n'a jamais existé...

Elle le laissa lui caresser les cheveux et la serrer contre lui, comme si elle lui était vraiment chère.

— Mais vous l'avez entendu vous-même, insista-t-elle.

Il la repoussa doucement.

— Il ne venait pas d'Heimra Beag, cette fois, dit-il. Vous n'êtes pas seule, si? Où est Jane?

— Morag pense qu'elle est à Skiary.

— A Skiary? répéta-t-il en fronçant les sourcils. Et Callum?

— Je ne l'ai pas vu depuis le déjeuner.

Andrew se dirigea vers la porte.

— Si vous le voyez, dites-lui de me rejoindre immédiatement à la distillerie.

Après son départ, elle resta longtemps sur le seuil à regarder la lumière décliner sur la mer. Aucun rayon doré de soleil n'illuminait les sinistres rochers d'Heimra Beag. Rien que la grisaille du ciel, de la mer, aussi loin qu'elle pût voir.

Elle rentra, ferma la porte et s'aperçut que Morag était là et la regardait. La vieille femme avait l'air soucieuse.

— L'avez-vous entendu, Morag? Ce cri effroyable, inhumain?

Morag ôta son manteau.

— Sûr que je l'ai entendu! Mais ce n'est pas plus « inhumain » que vous ou moi. C'est la plus belle supercherie qui soit!

— Une supercherie?

— Oui, fit Morag en se lissant les cheveux. Je crois

que quelqu'un utilise le loup d'Heimra pour arriver à ses fins. Il est fréquent de se servir des vieilles superstitions. Si vous voulez mon avis, il y en a qui ne veulent pas de bien à Heimra, et plus vite ils auront plié bagage, mieux cela vaudra pour nous tous.

Fenella était glacée de peur, tandis qu'elle suivait la vieille femme dans la cuisine.

— Vous pensez à qui?

Morag s'activait à ses fourneaux.

— J'ai des soupçons, fit-elle sans lever les yeux. Mais nous aurons des certitudes avant longtemps. J'ai déjà vu cet air déterminé sur le visage de notre jeune maître, cela signifie toujours qu'il va agir. M. Andrew ne perd jamais de temps, quand il y a un problème à régler.

Fenella arpentait nerveusement la cuisine. Ni Callum ni Jane n'étaient rentrés.

— Quand Callum reviendra, voulez-vous lui demander d'aller à la distillerie? M. Andrew a besoin de lui.

— Il est six heures. Il ne devrait pas tarder.

Morag commença à éplucher des pommes de terre.

— Allez donc respirer un peu dehors. Vous avez l'air épuisée.

Fenella s'attarda dans la maison, errant du salon au hall. Elle attendait le retour de Jane, ou de Callum, ou même d'Andrew. Où étaient-ils donc tous passés?

Un peu avant sept heures, elle décida de suivre le conseil de Morag. Il faisait encore jour, et elle avait le temps d'aller jusqu'à la falaise et de revenir avant la tombée de la nuit. Se rappelant l'avertissement d'Andrew sur les dangers du chemin, elle n'avait pas l'intention d'aller loin.

Avec un sourire, elle se rappela la fermeté de ses paroles, qu'elle avait prise pour de l'agressivité. Tout avait changé maintenant qu'elle avait appris à le connaître. Il y avait longtemps qu'elle avait commencé de l'apprécier à sa juste valeur. C'était venu petit à petit, à force de vivre à ses côtés. La confiance était née aussi, et la compréhension. Il n'avait jamais fait d'effort pour la convaincre, et pourtant elle était revenue sur son premier jugement.

Une vague d'émotion la submergea. Elle n'avait jamais rien ressenti d'aussi profond pour qui que ce fût auparavant.

Elle pressa le pas, comme si elle voulait échapper à ses propres pensées... Il ne fallait pas laisser Andrew entrer dans son cœur.

Le petit chemin qui courait le long de la falaise était désert. Il serpentait au bord de la lande, avant de descendre vers le village. Les lumières étaient déjà allumées, en bas, et la distillerie se reflétait dans les eaux de la baie. Andrew devait y être encore. Soudain, on éteignit.

Sans doute Andrew allait-il rentrer à la maison. Une grande joie envahit le cœur de Fenella, tandis qu'elle suivait l'étroit chemin. S'il arrivait par là, il la rejoindrait avant qu'elle eût atteint le manoir.

Son attention fut attirée par un mouvement en bas de la falaise. Elle vit une silhouette se déplacer de rocher en rocher, pour s'immobiliser à l'extrême pointe du cap, se découpant sur la mer. Une lanterne, probablement cachée sous un vêtement, fut agitée deux fois, puis encore deux fois, de façon rythmée. Son reflet dansait sur les vagues. Instinctivement, Fenella porta son regard vers Heimra Beag, mais aucune réponse au signal ne venait de l'île.

Qui donc était en bas? Qui balançait cette lanterne au-dessus des eaux sombres? Retenant sa respiration, elle attendit, décidée à le découvrir. Son cœur battait la chamade.

La silhouette revint en arrière pour disparaître dans l'obscurité. Il était possible que cette personne allât vers le village, mais Fenella sentait que c'était vers la maison qu'elle se dirigeait. Elle enfonça ses mains

136

tremblantes dans les poches de son manteau et attendit, la bouche sèche.

Celle qui finit par apparaître au sommet de la falaise était Jane. Elle était drapée de la tête aux pieds dans une grande cape qui avait appartenu à son grand-père et tenait à la main une lampe tempête. Elle mit une bonne minute à apercevoir Fenella. Alors, elle recula, tentant vainement de cacher la lanterne.

— Que faites-vous là ? demanda-t-elle.

— Je me promenais...

Il était inutile de jouer la comédie. Jane savait qu'elle l'attendait.

— ... Je vous ai vue sur la plage.

Jane la rejoignit en quelques fermes enjambées. La peur et la colère animaient son regard.

— Vous n'en parlerez à personne, menaça-t-elle avec fureur. Sinon, je vous tue !

Fenella recula.

— Vous êtes folle, articula-t-elle...

Jane éclata d'un rire affreux, dément.

— Non, je ne suis pas folle. Ce n'est pas si simple. Je veux seulement récupérer ce qui m'appartient.

Affreuse et menaçante, le visage défiguré par l'avidité, elle avança d'un pas. Mais Fenella fut plus prompte qu'elle, et attrapa le bras levé sur elle.

— Vous ne pouvez rien contre moi, Jane, dit-elle calmement. Andrew sait déjà ce qui se passe.

C'était un coup de bluff. Elle savait qu'Andrew n'avait encore que des soupçons, bien qu'il approchât de la vérité. Si Jane possédait la clé du mystère, il fallait absolument qu'elle rentrât à Garrisdale pour attendre le retour de son frère.

Jane parut un moment déconcertée.

— Ce n'est pas entièrement ma faute, murmura-t-elle. J'ai fait ce que Donny voulait. J'ai menti pour le protéger, même quand il a failli vous tuer avec ses supercheries. Mais Andrew a des torts également. Il est

137

aussi arrogant que l'était grand-père. Que savaient-ils de moi? Rien ne comptait pour eux que leur fierté.

Machinalement, elle se mit en route vers Garrisdale. Fenella ne la quittait pas des yeux. Elle la rattrapa au moment où elle atteignait la maison.

— Jane, ne faites rien d'irréfléchi, supplia-t-elle. Andrew comprendra.

Jane se tourna vers elle.

— Croyez-vous? fit-elle d'une voix brisée par l'émotion. On dirait que vous le connaissez mieux que moi. Vous, une étrangère... Mais ce que vous ne savez pas, c'est sa passion pour Heimra. Si vous y touchez, vous serez détruite... Il n'aura aucune pitié, parce qu'il n'en a pas pour lui-même, dans ce combat pour garder sa place.

— Vous aimez Heimra, vous aussi, Jane, affirma Fenella. Pourquoi ne pas parler à Andrew? Il vous écoutera sûrement.

De nouveau, le rire dur de Jane s'éleva dans la nuit.

— Mon explication ne le satisfera pas, fit-elle en ricanant. L'amour est quelque chose de tout à fait spécial pour Andrew. Il ne comprend pas qu'il puisse en même temps être destructif et nécessaire.

Elle entra dans la maison et se dirigea tout droit vers sa chambre.

Fenella ôta son manteau et présenta ses mains à la chaleur des bûches qui rougeoyaient dans la cheminée. Elle était glacée. Toute crainte, tout dégoût pour Jane avaient disparu en elle. Elle n'éprouvait que de la pitié.

Andrew rentra dîner très tard.

— Où étais-tu? lui demanda Jane, les yeux remplis d'appréhension.

Il la regardait fixement.

— Le long de la côte.

— A Heimra Beag?

— Entre autres...

Il semblait exténué.

138

— Jane, ne crois-tu pas que tu ferais mieux de me dire la vérité?

— A quel sujet?

Elle avait parlé d'un ton dur. Ces deux fortes personnalités allaient enfin mettre à jour des années d'hostilité cachée.

— Qu'as-tu découvert, Andrew, dans ta quête nocturne? Que veux-tu savoir encore?

— Donny Isbister... Il a un alambic caché quelque part, n'est-ce pas? Il fabrique de la liqueur et la livre avec son bateau à des gens qu'il rencontre en mer.

Sa voix se fit plus rude.

— Ce n'est pas une idée nouvelle, ni originale... En général, les douaniers finissent par avoir le dernier mot... Il y avait une patrouille ici, il y a quelques semaines. Ils posaient des questions. J'ai répondu de mon mieux, et ils sont partis. Mais j'ignorais que je couvrais un criminel.

Il s'arrêta, attendant que Jane prît la parole, mais elle semblait ne rien avoir à dire.

— Il n'aurait jamais fallu utiliser l'île à de telles fins, continua-t-il froidement. L'île a une réputation honorable sur le marché. C'est même tout ce qui nous reste pour l'instant. Nous devons nous battre pour Heimra avec ce que nous avons, au lieu de saper ce qui nous reste. Si cet alambic est découvert officiellement, nous allons être accusés de commerce illicite. Il faut que je trouve Isbister, Jane. Immédiatement.

— Il faudra que tu te débrouilles tout seul, répliqua Jane qui reprenait quelque assurance. J'ignore où il est.

— Il était à Heimra Beag, le jour de l'accident de Fenella, dit-il brutalement. Il a vécu dans la vieille cabane, allant et venant comme bon lui plaisait. Il y avait les traces d'un feu récent, bien qu'il n'utilise pas la cabane pour son alambic. Il doit le cacher ailleurs. Si tu refuses de m'aider, cela prendra du temps, mais je trouverai cet Isbister et son alambic clandestin. Ainsi que son complice au bateau...

— Cela risque d'être difficile, dit-elle, Et peut-être que ce que tu découvriras ne te fera pas plaisir...

Andrew attrappa sa sœur par le bras.

— Jane, supplia-t-il, sois raisonnable, pour l'amour du ciel! Dis-moi ce que tu sais!

— Je sais que notre cher cousin Val était en cheville avec Donny, si c'est ce que tu veux savoir...

Elle regardait Fenella.

— Donny t'a fait chanter, n'est-ce pas, Drew? Tu ne pouvais pas le poursuivre pour le chèque sans exposer le mari de Fenella. Un Mac Kail escroc, c'était trop, non? Eh bien, c'est la même chose pour leur petite affaire. Donny et Val l'avaient montée ensemble, et chacun devait y jouer un rôle. Donny fabriquait l'alcool, et Val s'occupait du reste. Si tu trouves Donny, tu n'auras qu'à lui demander pourquoi cela a mal tourné.

Il la tenait toujours par le bras, le visage furieux.

— Que s'est-il passé? insista-t-il brutalement.

— Val n'est pas revenu. Il a dû trouver mieux ailleurs...

— Val n'avait pas besoin de cette sorte d'argent, gronda Andrew.

— Peut-être avait-il besoin d'aventure? suggéra Jane.

— Il y avait un yacht sur la mer, cet après-midi. Je l'ai vu en rentrant du port, dit Andrew lentement.

Jane marqua un temps d'hésitation.

— Tu ne trouveras rien. Donny est trop malin.

— Parce que tu l'as prévenu? Tu lui faisais des signaux, sur les rochers, tout à l'heure n'est-ce pas? Tu savais que je le cherchais et tu ne voulais pas que je le trouve.

— Et alors? dit Jane avec insolence. J'essaie de le protéger, mais tu es incapable de comprendre ça, Drew! Peut-être que je ne suis pas une vraie Mac Kail, après tout, puisque Heimra n'est plus mon unique préoccupation...

Fenella se retourna dans son lit toute la nuit. Elle se demandait ce qu'Andrew allait faire. Elle ne lui avait pas dit qu'elle avait vu Jane sur les rochers. Il l'avait trouvé tout seul. Et quoi d'autre?

Le lendemain, elle le chercha, mais il était déjà parti à la distillerie. Jane n'était nulle part non plus. Morag allait et venait, le visage lugubre.

— C'est curieux, personne n'a envie de rester ici, ce matin, remarqua-t-elle. M. Andrew est parti en trombe, Callum sur ses talons. Quant à Miss Jane elle a filé à Skiary plus vite qu'il n'est décent à une heure aussi matinale.

— Êtes-vous sûre que Miss Jane est allée à Skiary? Vous l'a-t-elle dit?

— Je n'ai pas besoin qu'on me le dise! J'ai des yeux!

Fenella sauta sur ses pieds.

— Merci, Morag, dit-elle. Le bacon était délicieux.

— Vous sortez? demanda la vieille femme.

— Oui.

— Faites attention à ce que vous faites.

— Oui, Morag.

Fenella se rendit directement à la distillerie, certaine d'y trouver Andrew. Il était dans son bureau mais se préparait à partir. Il était vêtu d'un ciré et chaussé de bottes de caoutchouc. Il sembla à la fois surpris et un peu irrité de la voir.

— J'aurais préféré que vous restiez à la maison, dit-il sèchement. Je n'aime pas vous savoir parcourant l'île en ce moment.

Elle le suivit dehors. La vedette était amarrée juste devant.

— Vous allez à Heimra Beag.

— Oui. Et il n'y a pas une minute à perdre.

Fenella sentit la panique monter en elle.

— N'y allez pas seul, Andrew, supplia-t-elle. Appelez la police...

Il secoua la tête sans la regarder.

— J'ai l'intention de mener cette affaire comme je l'entends.

Il sortit une lettre de sa poche et la lui tendit.

— Je voudrais que vous lisiez ceci, dit-il. C'est arrivé hier.

— Soyez prudent, Andrew! Soyez prudent! s'écriat-elle d'une voix anxieuse. Ne prenez aucun risque!

Alors, il la regarda longuement et lui prit les mains.

— Oui, je serai prudent, promit-il.

Et il s'en fut.

Fenella regarda la vedette s'éloigner, puis se mit en route pour la maison de Skiary.

C'était une longue marche, et elle était déjà fatiguée bien avant d'atteindre le pont qui enjambait le torrent. La maison semblait déserte. Elle s'assit sur le rebord moussu du pont et se demanda ce qu'elle allait faire. De petites fougères et une plante bleue perçaient entre les pierres, mais elle n'avait pas le cœur à s'en émouvoir. Elle savait qu'elle devait aller jusqu'à la maison pour s'assurer qu'elle était bien vide. Il avait plu, et l'on voyait des marques de pneus sur la route. Mais elles avaient pu être faites la veille.

D'autre part, une femme de près de quatre-vingts ans ne disparaissait pas comme par enchantement... Elle aimait sa maison, et elle aurait laissé un mot d'explication. Fenella en conclut que Mme Jameson était encore sûrement là.

Les rideaux étaient tirés, mais on avait pu, de l'intérieur, voir approcher Fenella. Pourtant, personne ne répondit quand elle frappa à la porte avec insistance.

A la fois déçue et soulagée, elle retourna vers la route.

— Que voulez-vous?

La voix était vigoureuse et elle venait des buissons à côté de la maison, stoppant net Fenella. Une très vieille dame s'avança sur le chemin. Elle portait un manteau démodé, en tissu noir, qui lui arrivait aux chevilles, et un chapeau de soleil tout cabossé était perché sur sa chevelure blanche. Le regard brun était vif et interrogateur.

— Mme Jameson? demanda Fenella.

— C'est moi, Flora Jameson.

Elle s'approcha, un déplantoir à la main. Elle était en train de jardiner.

— Et vous, vous êtes la nouvelle épouse, dit-elle.

— Je... j'ai perdu mon mari, il y a peu de temps.

— Je l'ai entendu dire.

Mme Jameson continuait son inspection détaillée.

— Si vous voulez mon avis, vous êtes bien débarrassée! dit-elle, sans paraître voir le haut-le-corps de Fenella. Quant à l'autre, je lui ai signifié son congé. Il se figurait pouvoir m'utiliser à ses propres fins, mais je ne suis pas encore gâteuse. Je savais parfaitement ce qu'il manigançait. J'avais bien remarqué tout l'attirail de cet alambic clandestin, et les allers et retours continuels à Heimra Beag. Il a dû me prendre pour une idiote. Ou alors, il a cru m'avoir ensorcelée, avec son charme superficiel! J'ai vu rapidement clair dans son jeu, et pareil pour Jane Mac Kail. Mais je voulais savoir exactement ce qu'il en était.

Son rire tinta dans le silence.

— Je ne sais pas si j'aurais dû les dénoncer ou pas. Je n'ai aucune raison d'aimer spécialement les Mac Kail. J'aurais probablement attendu le bon moment.

— Je... je pensais que Jane était ici.

— Elle y était. Vous avez le cœur bien trop tendre, si vous donnez votre sympathie à Jane, jeune femme... Elle sait quel homme est Donny Isbister. Son grand-père et son frère l'ont mise en garde contre lui, mais rien ne peut l'en détourner. Elle le veut et elle va l'épouser, maintenant qu'elle est sûre de son héritage. Jusque-là, il

143

hésitait, mais il ne refusera pas de se marier avec une héritière... pour un moment, en tout cas.

— Si seulement nous pouvions l'en empêcher... soupira Fenella, plus pour elle-même que pour la vieille dame.

— Vous n'arrêterez jamais Jane Mac Kail, affirma Flora. Ni vous ni personne. Elle suit sa route. Elle a rencontré Donny Isbister en secret pendant des années. Ils ont cru pouvoir continuer ici, mais je ne veux pas en entendre parler, bien qu'elle me menace d'éviction.

— Éviction?

Flora eut un petit rire.

— La maison de Skiary est ce qu'elle désirait le plus. Un endroit à elle seule. Elle était sûre d'en hériter, en même temps que de l'argent, mais Adam Mac Kail en avait décidé autrement. Il aurait pu la vendre depuis longtemps, je lui en aurais donné un bon prix. Mais non, surtout pas! C'était la propriété des Mac Kail. Aucun étranger ne possédera jamais quelque chose ici!...

En dépit de la langue acérée de Flora, Fenella avait de la sympathie pour elle.

— Je vous assure que personne ne vous obligera à partir d'ici, madame Jameson. Vous pourrez rester tant que vous voudrez...

Le regard pétillant de la vieille dame chercha celui de Fenella.

— C'est à vous maintenant. Mais ce n'est pas un endroit pour une jeune femme, complètement isolé de tout... De plus, vous vous installerez peut-être à Garrisdale. Andrew Mac Kail est jeune, et vous n'êtes cousins que par alliance...

Le sous-entendu était limpide.

— Je ne pense pas qu'Andrew ait envie de se marier, répondit Fenella en rougissant.

— Bah! Ils sont tous comme ça! déclara Flora. C'est aux filles de les y faire penser...

Personne ne pourrait jamais influencer Andrew, pensait Fenella.

— Quand Donny Isbister est-il parti? demanda-t-elle.

— Ce matin. Il a ramassé ses affaires et il s'en est allé.

— Après que Miss Jane soit partie?

— Non. Avant.

Flora se tourna vers la maison.

— Accepterez-vous un verre de lait? Je ne fais jamais de café.

— Une autre fois, dit gentiment Fenella.

— Quand vous voudrez. Je suis toujours là...

12

Fenella retourna à la distillerie où elle trouva Callum assis sur la jetée. Il regardait un jet de grains d'orge qui tombait dans l'eau à ses pieds. Il provenait d'une ancienne trappe dans le plancher de la réserve.

— C'est donc comme cela qu'il l'obtenait, dit-il sans lever les yeux. Il ouvrait la trappe et récupérait le grain dans son bateau...

Fenella observa également le grain qui s'écoulait. Donny Isbister n'avait pas eu de mal à obtenir sa matière première. Il devait le faire à la tombée de la nuit, ou à l'aube. Mais ce n'était pas la préoccupation principale de la jeune femme.

— Fermez la trappe, Callum, commanda-t-elle. Nous avons assez perdu d'orge comme ça! Avez-vous vu M. Mac Kail?

— Il est parti pour Heimra Beag.

— Il y a longtemps?

— Deux heures, Peut-être trois.

Il la regarda de côté, protégeant ses yeux de la violence du soleil.

— Je pense qu'il a dû partir à sa poursuite...

— Pourquoi ne vous a-t-il pas emmené? s'enquit-elle, inquiète pour Andrew.

— Je pense que je suis trop vieux pour y retourner, expliqua-t-il. Mais je connais chaque touffe d'herbe d'Heimra Beag. S'il y a un alambic sur cette île, je le trouverai.

— Ce n'est pas seulement l'alambic, fit brièvement Fenella. Il s'agit de M. Andrew. Il est resté absent toute la matinée. Quelque chose a dû mal tourner, sinon, il serait déjà rentré.

Callum scruta la baie du regard.

— Je vais prendre le bateau, dit-il.

— Je viens avec vous, Callum! cria Fenella tandis qu'il allait chercher un moteur auxiliaire pour le bateau de pêche. Je resterai dans la barque si vous voulez, mais il faut que je vienne!

Il essaya de protester, mais elle balaya ses arguments.

— Je vous en prie, Callum. Je ferai exactement ce que vous me direz.

La traversée pour Heimra Beag lui sembla deux fois plus longue que la première fois. Callum doubla directement le cap nord de l'île, et se dirigea vers la petite baie secrète. La vedette de Garrisdale y était amarrée, ainsi qu'une autre plus petite.

Fenella sentit le cœur lui manquer. Andrew se trouvait depuis au moins deux heures sur l'île avec quelqu'un d'autre. Chasseur et gibier? Elle eut un frisson...

— Attendez ici, ordonna Callum quand il eut amarré le bateau. Je reviendrai vous chercher si l'on a besoin de vous.

Fenella se demanda si Andrew aurait un jour besoin de quelqu'un et elle s'assit sur le sable. Il était si sûr de lui, tellement persuadé qu'il saurait faire face à tout! Il était fort, bien sûr, mais il fallait compter avec les impondérables. Il y avait Donny Isbister, mais aussi son complice inconnu...

Inconnu? Flora Jameson n'avait-elle pas affirmé que Donny et Val étaient comme larrons en foire? Et si Val était encore en vie?

Dans le silence de ce lieu solitaire, tout paraissait

possible, et elle ne savait plus que penser. Ses doigts se crispèrent sur la poignée de sable qu'elle avait cueillie. Puis elle le laissa s'écouler lentement. Les choses glissaient aussi, comme le sable...

Une heure passa. Elle n'en pouvait plus d'attendre et elle se tourna vers la vallée pour apercevoir Callum qui courait dans sa direction.

— Pouvez-vous venir, Maîtresse? fit-il en haletant, C'est M. Andrew... Il est étendu dans la cabane, et je n'arrive pas à le bouger. J'ai peur qu'il ne soit mort!

Fenella n'attendit pas d'en savoir plus. Elle s'élança sans attendre Callum, qu'elle distança sans peine.

Elle connaissait le chemin, et bientôt la cabane fut en vue. Lugubre et déserte, cachant son terrible secret. La porte avait été arrachée de ses gonds et jetée sur le sol de terre battue.

Un martinet s'envola lorsqu'elle entra, frôlant ses cheveux. Elle cligna des yeux dans l'obscurité. La maison était toute petite, avec seulement deux minuscules fenêtres pour laisser entrer la lumière.

Soudain, elle le vit, gisant près de l'âtre.

— Andrew!...

Elle courut à lui, et s'agenouilla sur le sol froid. Elle prit sa tête dans ses bras.

— Oh, Andrew! Mon amour! Mon amour! sanglotait-elle.

Elle le serrait comme il l'avait fait un jour avec elle. Fort mais tendrement. Elle ne savait que faire. Du sang avait coulé de la base de son crâne, et s'était coagulé sur son cou. Elle ne voulait pas croire qu'il fût mort, malgré sa totale immobilité.

— Andrew! Andrew!

Il ouvrit les yeux, et, pendant un moment interminable, inoubliable, ils se regardèrent. Puis, avec colère, il remua, essayant de se remettre sur pied.

— Où est Isbister? gronda-t-il.

— Ne vous en souciez pas, supplia-t-elle.

Elle mentit pour le protéger.

— Il est parti.

— Vous êtes sûre?

Il regarda sa main qu'il venait de se passer dans les cheveux.

— Quelle saleté! Il a essayé de m'enfermer, mais la porte a cédé et je suis tombé. Je suppose que j'ai dû me heurter la tête contre les pierres du foyer. J'ai bien trouvé Isbister, ici, mais pas l'alambic.

Il prit une profonde respiration.

— J'aurais dû le frapper. Il était là, le jour de votre accident. C'est lui, le responsable. C'était lui, le Loup d'Heimra, Fenella. Personne d'autre. C'était un moyen d'être sûr que nul ne le dérangerait dans sa tâche illégale. Aucun villageois ne se risquerait dans un lieu où le Loup avait été entendu de nouveau. Mais cela a failli vous coûter la vie. Jane et Donny utilisaient le hurlement comme un signal, en plus. C'est pourquoi vous l'avez entendu près de la maison. Pendant la journée, ils ne pouvaient pas utiliser de lanterne, ainsi le Loup avait un double rôle...

Il leva les mains, puis les laissa retomber le long de son corps.

— J'aurais dû résoudre le problème depuis long-temps. J'aurais même dû prévenir le service des douanes tout de suite. Mais maintenant, je n'aurai plus de scrupules. L'orgueil coûte trop cher...

— Je ne crois pas que cela sera nécessaire, dit Fenella en examinant sa blessure. Il va partir, maintenant, pour de bon.

— En emmenant Jane, ajouta-t-il avec amertume.

— Peut-être le faut-il...

Il la regarda, étonné.

— Elle l'aime. C'est curieux à dire, mais je crois que je la comprends.

Il épousseta la poussière qui maculait ses vêtements.

— A cause de Val? Avez-vous lu la lettre, Fenella?

Elle fouilla dans la poche de son manteau.

— Je l'avais complètement oubliée, avoua-t-elle.

— Vous la lirez à la maison, dit Andrew.

— Dites-moi ce qu'elle contient, insista-t-elle.

Il hésita.

— Je voulais que vous preniez le temps de la lire. Elle vient de l'agence de détectives que j'avais mobilisée sur l'affaire en France.

Fenella était incapable de prononcer un mot.

— Il est mort, Fenella...

Il s'approcha d'elle.

— Val est mort. Dans un jour ou deux, vous en recevrez la confirmation officielle. Ils ont retrouvé son corps — et le bateau — au large de la Corse. Il aurait dû rebrousser chemin, mais il a continué, et l'on croit qu'il se dirigeait vers Ajaccio.

Ils gardèrent le silence, chacun absorbé dans ses propres pensées. Fenella était heureuse de ne pas s'être trompée au sujet de Val. Il n'avait pas fui en l'abandonnant, comme l'avait dit Andrew. Mais à part cela, ce qu'il avait fait à Heimra était impardonnable. Elle avait l'impression qu'il y avait des siècles qu'elle l'avait connu. Dans une autre vie, peut-être...

— Je pense qu'il faudrait y aller, fit-elle aussi calmement qu'elle le put. Voici Callum.

— Dieu soit loué, s'écria celui-ci à la vue d'Andrew. Vous êtes vivant !...

Il était complètement exténué par sa longue marche jusqu'au rivage.

— J'ai trouvé l'alambic. J'ai pris un raccourci à travers les bruyères et je l'ai découvert, caché à la limite d'une fondrière. Il était malin, Isbister ! C'est un homme qui ne commet pas de fautes. Il était bien abrité derrière les rochers... Mais j'aurais dû m'en douter. Cela ne pouvait être que dans ce genre d'endroit.

— Mais lui, l'as-tu vu ? demanda Andrew en essuyant

le sang de son visage. L'as-tu croisé en remontant de la baie?

— Bien sûr que non! Il est beaucoup trop rusé. Il s'est enfui par le haut de la colline.

Dans le silence retentit soudain le bruit d'un moteur à l'autre bout de la petite vallée.

— En effet, c'est ce qu'il a fait, dit Andrew déçu. Il nous a eus. Nous ne sommes pas assez rapides pour M. Donald Isbister!

— C'est un bon débarras pour l'île! fit remarquer Callum.

Lorsqu'ils arrivèrent au rivage, ils s'aperçurent que la vedette d'Andrew avait été détachée et poussée au large, ainsi que le bateau de pêche. Donny Isbister était ainsi sûr de gagner une bonne demi-heure...

— Il va falloir que j'aille le chercher à la nage.

— Vous ne... protesta Fenella.

Mais il était déjà dans l'eau.

Il nageait vigoureusement, en dépit de sa blessure récente.

— Ça ira, dit Callum soulagé. Le coup l'a assommé mais il ne lui a pas fait vraiment de mal. Il a le crâne solide!

— Vous vous débrouillerez avec le bateau, Callum, dit Andrew quand il eut rejoint la plage. Mme Mac Kail vient avec moi.

Ils firent la traversée sans parler. Le doux bercement de la vedette était particulièrement apaisant pour les nerfs à vif de Fenella. Une brise amicale jouait dans ses cheveux. La vie, vécue ainsi, pouvait être parfaite. Le premier désespoir de son deuil s'atténuait. Elle avait enfin l'impression qu'il y avait une place pour elle sur cette terre...

Andrew vint avec elle à Garrisdale.

— Miss Jane est partie, annonça Morag dès qu'elle les vit. Elle est rentrée tout de suite après votre départ, madame Mac Kail, et elle a fait sa valise. Elle a dit qu'elle enverrait chercher le reste de ses affaires plus tard. Mais je ne sais pas comment elle a pu quitter l'île. Le mardi, il n'y a pas de liaison par bateau...

— Elle a d'autres moyens de s'en aller, Morag, dit Andrew avec brusquerie.

— Vous voulez dire le yacht? Je l'ai vu doubler le cap. C'est le chemin que Miss Jane prenait, maintenant que j'y pense...

Morag en savait beaucoup plus long qu'elle ne voulait le laisser entendre.

— Elle vous a laissé une lettre.

Andrew se retira dans le bureau pour lire le message de sa sœur. Lorsqu'il en sortit, il était pâle et fermé.

— Elle a ce qu'elle voulait. Ces gens dans le yacht sont des amis d'Isbister. Il va l'épouser.

Fenella était allée chercher un bol d'eau chaude et des pansements.

— Laissez-moi regarder votre tête, Andrew, dit-elle fermement. Que je lave au moins les traces de sang...

— Je m'en remettrai, dit-il avec ce curieux petit sourire en biais qu'elle aimait tant. Ce n'est qu'une égratignure.

— C'était tout de même suffisant pour vous assommer! lui rappela-t-elle, bien décidée à lui tenir tête. Il faut au moins que je nettoie la plaie.

Il pencha la tête en silence, et la laissa soigner la blessure. Puis, lentement, il releva la tête, et écarta les mains de Fenella.

— Fenella, est-ce que vous pensiez ce que vous avez dit sur l'île? Vous avez dit : « Andrew, mon amour! »

Sa voix se brisa soudain.

— Le pensiez-vous vraiment?

Elle se sentait tout à fait sûre d'elle quand elle lui rendit son regard.

— Je le pensais, dit-elle. Mais je ne croyais pas que vous m'aviez entendue...

Il se leva et la serra contre lui comme s'il ne voulait plus jamais la laisser partir.

— Heureusement... Sinon, nous aurions pu attendre longtemps... Je vous aime, Fen; et Heimra a besoin de vous. Mais si vous voulez prendre le temps de réfléchir, pour être absolument décidée, j'attendrai...

Elle se serra contre lui, pressant ses lèvres sur la main virile qui enserrait son épaule.

— J'ai eu tout le temps de réfléchir...

Andrew enfouit son visage dans les cheveux de Fenella. Puis il chercha ses lèvres pour sceller leur amour d'un long baiser.

— Vous ne le regretterez pas, Fenella, dit-il. Je vous rendrai heureuse. Je sais que je le peux.

Fenella eut un petit rire devant l'orgueil caractéristique que contenait cette affirmation péremptoire.

— Soyez en sûr, Andrew, fit-elle tendrement. Soyez en sûr, car je ne changerai jamais.

Étude de la VIERGE

par Madame HARLEQUIN

(23 août-22 septembre)

Signe de Terre
Maître planétaire : Mercure
Pierres : Agathe, Jaspe
Couleur : Violet
Métal : Mercure

Traits dominants :

Prudence, méfiance, hésitation
Affable, sociable, se plaît en compagnie
Sens de la diplomatie

VIERGE

(21 août-23 septembre)

La Vierge rencontre souvent des difficultés
à cause de son réalisme qui la pousse à voir
les gens et les choses tels qu'ils sont. Et Fenella
n'échappe pas à cette caractéristique : après
quelque temps, elle ne se fait plus d'illusions
sur Val, ni sur ses parents. Calme et pondérée,
elle essaye de résister aux événements qui se
multiplient autour d'elle, mais la vague de
malheurs est bien prêt de l'abattre, jusqu'à ce
qu'Andrew lui avoue son amour, lui laissant
ainsi prévoir une nouvelle ère de bonheur.

UNE GRANDE NOUVELLE

"Quatre livres par mois, cela n'est pas suffisant!"

Voilà ce que nous ont écrit de nombreuses lectrices. Tant et si bien que nous nous sommes laissé convaincre...

Maintenant, la Collection Harlequin vous offre, chaque mois, six nouveaux romans.

Quelques commentaires de nos lectrices sur la Collection Harlequin...

"Jamais je n'ai lu un livre avec autant de passion, surtout que chaque livre comprend un tendre roman d'amour."
J.G.B.,* St. Elzéar, P.Q.

"Je vous félicite pour cette initiative de lancer des livres d'abord facile et détendant faisant appel à un sentiment universel, l'amour."
C.L., Beauce, P.Q.

"Je les ai lus, pour ne pas dire dévorés."
E.G., Delisle, P.Q.

*Noms fournis sur demande.

Titres déjà parus
dans la Collection Harlequin

Titres déjà parus
dans la Collection Harlequin

ECRIVEZ-NOUS

La Collection Harlequin a été créée pour vous, votre plaisir, votre détente, votre évasion.

Si vous avez des critiques à formuler, des suggestions à offrir, n'hésitez pas...

Ecrivez-nous. Nous apprécions vos commentaires. C'est avec votre aide seulement que la Collection Harlequin peut devenir la Collection de votre choix... *votre Collection!*